書下ろし長編時代小説

# 若殿はつらいよ

## 破邪剣正篇

鳴海　丈



コスミック・時代文庫

この作品はコスミック文庫のために書下ろされました。

# 目次


第一章　若殿はお尋《たず》ね者《もの》……5
第二章　ふたり若殿……35
第三章　峠の鬼退治……65
第四章　海《あ》女《ま》っ子《こ》淫《いん》情《じょう》……95
第五章　欲望の浜……113
第六章　女《にょ》体《たい》籠《ろう》城《じょう》……151
第七章　闇《やみ》の中の裸女……177
第八章　黒《くろ》弓《ゆみ》三姉妹……198
第九章　剣《けん》戟《げき》播《はり》磨《ま》屋《や》橋……227
あとがき……259

# 第一章　若殿はお尋《たず》ね者《もの》

一

「爺《じい》ちゃん、背中を流してあげる」

そう言いながら板戸を開いて、素《す》っ裸《ぱだか》の花梨《かりん》が、脱衣所から湯殿に入って来た。

娘忍者だから、全身の筋肉が伸び伸びと発達している。だが、小柄《こがら》で可愛らしい童顔、十八という年齢よりも、四、五歳も年下に見える花梨であった。

髪は結《ゆ》わずに、項《うなじ》で括《くく》って後ろに垂《た》らしている。

そして、下腹部の亀裂《きれつ》を縁取《ふちど》る恥毛《ちもう》は、産毛《うぶげ》のように細く淡《あわ》い。

だが、その花園は、破華《はか》の時を待ちかねているかのように桜色に色づき、その肉体が年齢相応に成熟していることを示していた。

胸乳《むなぢ》は薄く、乳輪は朱《しゅ》色をしている。

手拭《てぬぐ》いで前を隠すことはなく、童児のように何もかも明けっ広《ぴろ》げであった。

「おお、すまんな」

簀《す》の子《こ》に胡座《あぐら》をかいた沢渡日々鬼《さわたりひびき》は、顔を綻《ほころ》ばせた。

銀髪で鶴のように痩身《そうしん》の年寄りであるが、公儀《こうぎ》の甲賀百忍組《こうがひゃくにん》支配という重責を担《にな》う沢渡日々鬼であった。

老いたりとはいえ、鍛《きた》え抜かれた肉体は、常人とは懸《か》け離れた戦闘力を維持している。

爺ちゃん——と呼びかけたことでもわかる通り、甲賀同心見習い・花梨は、この日々鬼の孫娘なのだ。

そこは——大坂《おおさか》城の南にある武家屋敷だ。

戦国の世に北条《ほうじょう》氏に仕《つか》えていたという怪忍者・風魔《ふうま》一族が、江戸《えど》の街で美しい娘たちを誘拐《ゆうかい》するという事件を起こした。

正義を愛する若殿浪人・松平竜之介《まつだいらたつのすけ》は、男装美女のお新《しん》、十一代将軍家斉《いえなり》の愛娘《まなむすめ》である桜《さくら》姫、そして桜姫の侍女《じじょ》の志乃《しの》という三人の〈妻〉を持っている。

破邪《はじゃ》の剣を振るって、様々な陰謀《いんぼう》を打ち破って来た竜之介だが、その彼の妻の一人、お新も、風魔一族に攫《さら》われてしまった。

将軍家斉から直々《じきじき》に風魔一族討伐の密命を受けた竜之介は、公儀の御用船〈黒潮《くろしお》丸〉で、大坂へ向かった。

風魔一族を率いる若き頭領《とうりょう》の風魔乱四郎《らんしろう》は、大坂城代に化けて悪事を重ねていた。

だが、松平竜之介の活躍により、お新を奪回されて、乱四郎は敗走を余儀《よぎ》なくされたのだ。

甲賀百忍組は、風魔一族の残党狩りをするために、この大坂に残っている。

大坂城代は万石《まんごく》以上の大名から選ばれるのが定法《じょうほう》だが、今は非常事態なので、旗本で西町奉行の石井《いしい》豊後守《ぶんごのかみ》が、臨時の城代職を兼ねていた。

その石井奉行が、残党狩りのために、甲賀百忍組の詰所《つめしょ》として、空《あ》き屋敷を日々鬼に提供したのであった。

この〈甲賀屋敷〉の母屋《おもや》とは渡り廊下で繋《つな》がれた土蔵は、突貫《とっかん》作業で改装されて、太い格子《こうし》のある仮牢《かりろう》となっていた。

そこには、今、二人の風魔下忍《げにん》が収容されている。

風魔乱四郎の下には、風魔五忍衆《ごにんしゅう》なる幹部格の者がいた。

怪力《かいりき》の巨漢・多々良《たたら》岩山《がんざん》、双条鞭《そうじょうべん》の遣《つか》い手《て》・御母衣《みほろ》兵部《ひょうぶ》、殺人猫を操《あやつ》る銀猫《ぎんねこ》の珠久美《すくみ》、そして、極女《きわめ》と猿眠《さるねぶり》の鈍左《どんざ》の五人である。

多々良岩山は江戸の木場《きば》で、竜之介に片腕を斬《き》り落とされて自爆した。

御母衣兵部は、大坂城の決戦で天守から落ちて死んだ。

銀猫の珠久美は、竜之介の途方もない巨砲で荒々しく責められて、善心《ぜんしん》に立ち戻り、何処《いずこ》かへ姿を消した。

したがって、風魔五忍衆で残っているのは、極女と猿眠の鈍左の二人だけである。

この極女や鈍左、他の下忍などの行方《ゆくえ》や隠《かく》れ家《が》を白状させるために、甲賀組同心たちは、捕虜《ほりょ》となった風魔下忍を厳しく取り調べていた。

「馬鹿殿…じゃなかった、若殿とお新姐《ねえ》さんは、今頃、どの辺だろうねえ。明石《あかし》はとっくに過ぎて、岡山《おかやま》の近く辺りかな」

日々鬼の背中を手拭いで丁寧《ていねい》に擦《こす》りながら、花梨は言った。

愛するお新を連れた松平竜之介は、宿敵の風魔乱四郎を追って、山陽道《さんようどう》を西へ向かっていた。

沢渡日々鬼と甲賀百忍組は、大坂での残党狩りが終わってから、竜之介に合流することになっている。

風魔の残党を根絶《ねだ》やしにしておかないと、山陽道で前後から挟《はさ》み撃ちされる怖れがあるからだ。

「お前も、竜之介様と一緒に行きたいのじゃろう」

「ううん、別に」

微妙な表情になった花梨は、日々鬼の背中に手桶《ておけ》の湯をかけた。

「有難うよ」

立ち上がった日々鬼は、湯槽《ゆぶね》に浸《つ》かった。

枡形の湯槽は、湯殿に埋《う》めこまれているので、その縁《ふち》の高さは一尺《しゃく》くらいしかない。

「あたしも、湯に入ろうっと」

花梨は男の子のように大胆に、湯殿の縁を跨《また》いだ。

可愛い臀《しり》の割れ目が一瞬、ぱっくりと開いて、その奥底にある排泄孔《はいせつこう》まで見えてしまう。可愛らしい後門は、茜《あかね》色をしていた。

「――――」

それを見た日々鬼は、厳しい顔つきになった。が、すぐに、表情を和《やわ》らげる。

「花梨よ」

「ん？」

「お前が、実の兄のように竜之介様を慕《した》っているのは、わしも知っている。お前は、一人っ子じゃからのう」

「……………」

何も言わずに、花梨は俯《うつむ》いた。

「だがな。お前はまだ、女忍《くのいち》としては未熟だ。敵は、血も涙もない残虐非道《ざんぎゃくひどう》な風魔一族。万が一にも、お前が足手纏《あしでまと》いになったら、竜之介様の身も危《あや》うくなる」

「……………」

「それゆえ、お前を江戸へ戻すことにしたのだ。これは、お前の祖父としてではなく、甲賀百忍組支配としての決定じゃ。わかってくれるな」

「うん……」

俯いたままで、花梨は頷《うなず》く。

「よし」日々鬼は破顔一笑《はがんいっしょう》した。

「今度は、わしがお前の背中を洗ってやろう」

「うんっ」

ざばっと元気よく立ち上がった花梨は、湯槽から出ると、簀の子の上に腰を下ろした。

　さすがの花梨も、全裸で胡座はかかない。

　正座の姿勢から両足を広げて、臀の双丘《そうきゅう》をぺたりと簀の子につける。いわゆる〈女の子座り〉だ。

　日々鬼は、孫娘の後ろに片膝をつくと、滑《なめ》らかな背中を、愛情をこめて手拭いで擦ってやる。

「掛《か》け護《まも》りは板の間《ま》か」

　紐《ひも》で首から下げて胸に垂《た》らす護り袋を、掛け護りと呼ぶのだ。

「うん」花梨は頷いた。

「脱いだ着物の中に、入れてあるよ」

「そうか……あれは、お前の母の形見だからな。大事にするのだぞ」

「わかってるよ。爺ちゃんたら、同じ事を何遍《なんべん》も言うんだもの。可笑《おか》しいや」

「年寄りだからな」

　日々鬼は苦笑する。

「人は年をとると、誰でも話がくどくなるのじゃ」

「へえ、そうなんだ」

花梨がそう言った瞬間——表門の方で、何かが爆発する音がした。

「むっ」

日々鬼と花梨が腰を浮かせた時、脱衣所との境の板戸が、蹴《け》り倒された。

湯殿に飛びこんで来たのは、海老茶《えびちゃ》色の忍び装束《しょうぞく》を纏った男だ。風魔下忍である。

逆手《さかて》に構えた忍び刀で、裸の日々鬼に斬りかかった。

が、日々鬼は、手拭いを鋭《するど》く振る。

濡《ぬ》れた手拭いは、板のような堅さになって、下忍の顔面を打った。

「ぎゃっ」

下忍が怯《ひる》むと、花梨が手桶《ておけ》を、そいつの頭に叩きつける。手桶は、ばらばらになって、砕《くだ》け飛んだ。

風魔下忍は脳震盪《のうしんとう》を起こして、顔面から簀の子に倒れる。

「敵襲っ、曲者《くせもの》が侵入したぞっ」

母屋の中で、誰かが叫んでいた。表門の破裂玉《はれつだま》は、陽動策《ようどうさく》だったのだろう。

「土蔵に気をつけろ、仲間を奪い返しに来たのだっ」

日々鬼が叫んだ。

「あたしが見てくるっ」

脱衣所に置いた袖《そで》無しの着物などを引っ摑《つか》んで、全裸の花梨は廊下を駆けて行った。

「気をつけるのだぞ、花梨っ」

そう言いながら、日々鬼は、倒れている風魔下忍の両手首を背中にまわして、手拭いで手首を縛《しば》った。

それから、相手の忍び装束の袖を引き裂《さ》くと、舌を嚙《か》んで自殺できないように、その布切れで猿轡《さるぐつわ》を嚙ませる。

屋敷の中や庭で、刃《やいば》と刃が激突する金属音が響き渡り、骨肉を断《た》つ鈍《にぶ》い音がして、絶叫と呻《うめ》き声が交差していた。

敵味方が入り混じり、乱戦が繰り広げられているのだ。

日々鬼は、脱衣所で手早く忍び装束を纏う。

脱衣所から廊下へ出ると、

「お支配」

甲賀同心頭《がしら》の八朗左《はちろうざ》が、やって来た。

「侵入した風魔者は十名弱で、ほぼ制圧しました」

「土蔵の仮牢は無事か」

「はっ」八朗左が頭を下げる。

「扉を破ろうとしていた二人が、駆けつけた花梨様を見て…花梨様が裸同然なのを見て、驚いたようで。その一瞬の隙《すき》に、我らが手裏剣《しゆりけん》で倒しました」

「ふうむ」日々鬼は顔を顰《ひそ》めた。

「どうにも、困った奴だのう。大胆なのか、何も考えていないのか」

それから日々鬼は、八朗左を連れて、屋敷の内外を一回《ひと》りした。表門の破損は、大したことはない。

倒された風魔下忍の顔を、一人ひとり、つぶさに確かめてから、日々鬼は母屋の居間に入る。

「八朗左」と日々鬼。

「そなたと一昨日、木津《きづ》川沿いの船着き場を見てまわったな」

「はい」

「その時、勘助《かんすけ》島にいた荷揚《にあ》げ人足《にんそく》の一人が、庭で死んでいる風魔者であった」

「何ですとっ」

同心頭の八朗左は驚いた。

「ちらりと見かけただけだが――荷揚げ人足にしてはあまり日焼けしていないので、まだ新米《しんまい》なのかと思っておった」

「ははあ」

日々鬼の観察力と記憶力に、八朗左は感心する。

「ですが、勘助島と申せば…」

「そうじゃ。薩摩《さつま》の船着き場じゃ」

後の世に〈天下の台所〉と呼ばれた大坂の湊《みなと》には、出船《でぶね》千艘《せんそう》入船《いりふね》千艘といわれるほど全国の廻船《かいせん》がやって来る。

土佐《とさ》の船は長堀川《ながほりがわ》口、岡山の船は安治川《あじがわ》新地というように、発着場所が定められていた。

そして、西端に船番所のある勘助島は、薩摩の船着き場であった。

「やはり、風魔一族は薩摩藩島津《しまづ》家に雇《やと》われたのであろう。そして、風魔者は、薩摩藩に関《かか》わりのある場所に潜《ひそ》んでいるようだ」

眉間《みけん》に縦皺《たてじわ》を刻《きざ》んで、日々鬼は苦々《にがにが》しげに言う。

「そこを探ろうとすると、薩摩藩の邪魔が入るでしょうな」

「だから、今まで以上に慎重《しんちょう》に探りを入れなければならんのだ。我らとしても、今のところ、薩摩藩と正面から争うわけにはいかん」

「左様で」

八朗左が頷く。日々鬼は、ふと気づいて。

「花梨はどうした。濡れた軀《からだ》のまま、そこらをうろついていると、風邪《かぜ》をひくぞ」

「ははは。わたくしが見て参りましょう」

同心頭は居間を出て行った。

「――」

日々鬼は煙草盆《たばこぼん》を引き寄せて、静かに煙草を喫《す》いながら、何事か考えこむ。すると、

「お、お支配っ」

慌《あわ》てた様子で、八朗左が駆け戻って来た。

「何じゃ、騒々《そうぞう》しい」

「これをっ」

差し出したのは、半紙に筆で殴り書きしたもので、「じいちゃん　ごめん」とある。花梨の字であった。

「庭の松の木に、貼りつけてありました」

「むむ……」

「皆の者に、手分けして探させましょう」

「いや、待て」

日々鬼は、長々と溜息《ためいき》をついて、

「花梨は、放っておけ」

「放っておくのでございますか。しかし、お支配の大事な御孫様で」

八朗左は、まじまじと日々鬼を見つめる。

「そう、わしの孫なのだがな……」

苦渋《くじゅう》の表情で、甲賀百忍組支配は言った。

「それゆえにこそ、今は、あいつの好きにさせてやろう。これも、仕方のないことじゃ」

謎のような言葉を吐《は》く、沢渡日々鬼なのである。

徳川《とくがわ》十一代将軍・家斉の治世――その秋の夜のことであった。

# 二

京《きょう》の都から長門《ながと》国の下関《しものせき》まで、瀬戸内海《せとないかい》の北側に伸びる街道を山陽道と呼ぶ。

その山陽道の十一番目の宿駅が、播磨《はりま》国飾東郡《しきとうごおり》の姫路《ひめじ》——姫路藩酒井《さかい》家十五万石《ごく》の城下町でもある。

広峰《ひろみね》山を背後にして丘の上に、白亜の城が聳《そび》え立っていた。

「——あれが姫路城か」

花梨が甲賀屋敷から姿を消す数日前、その午後——市川《いちかわ》橋を渡って城下町に入ったのは、長身で細面《ほそおもて》の美男子だ。

目鼻立ちが整っているだけではなく、気品と男らしい精悍《せいかん》さも兼ね備えている。

着流し姿のこの若い武士——名を松平竜之介という。

「白鷺《しらさぎ》城と呼ばれるだけあって、見事なものだな」

二十三歳の竜之介は、遠州《えんしゅう》鳳《おおとり》藩十八万石松平家の嫡男《ちゃくなん》であったが、家督《かとく》を弟の信太郎《しんたろう》に譲って、若隠居《わかいんきょ》した。

今は気儘《きまま》な若殿浪人の竜之介——実は、将軍家斉の密命を帯びて、風魔一族の頭領《とうりよう》・風魔乱四郎を追っているのだ。

大名の嫡子には珍しく、幼い頃から泰山《たいざん》流剣術の厳しい稽古《けいこ》で鍛《きた》えられた肉体は、頑丈《がんじよう》で引き締まっていた。

「竜之介様ァ、なんかお腹すいちゃったよう」

甘え声で言ったのは、竜之介の三人妻の一人——男の格好《かつこう》をしたお新である。

三度笠《さんどがさ》を手に持ち、小袖《こそで》の裾《すそ》を臀端折《しりはしよ》りにして、白い木股《きまた》を穿《は》いていた。

胸には白い晒《さら》しを巻いているので、二つのふくらみは目立たない。

粋《いき》な旅鴉《たびがらす》の兄ィ——といった風情《ふぜい》である。

女の姿よりも男の身形《みなり》の方が気楽だし、何かあった時に動きやすい。竜之介と一緒に旅をしていても、目立たない。

だから、旅籠《はたご》に泊まる時も、宿帳には〈新太《しんた》〉と書いて、男で通しているお新であった。

「よしよし、そこの蕎麦《そば》屋へでも入るか」

二人は、すぐ近くにある〈おかめ〉という店に入った。

広い店内は九分《ぶ》の入りで、盛況《せいきよう》である。

盆で蕎麦を運んできた小女《こおんな》が、入って来た二人を見て、

「いらっしゃァい」

愛想《あいそ》良く、そう声をかけた途端《とたん》、

「……ひっ？」

蒼白《そうはく》になった小女の手から、盆が落ちた。土間《どま》に落ちた丼《どんぶり》が割れて、蕎麦と汁が流れ出す。

腰が抜けた小女は、土間にへたりこんだ。がたがたと震《ふる》え出し、両膝を開いているので、まだ未使用らしい大事な部分が丸見えである。

「あっ」

「あの顔はっ」

周囲の客たちも、竜之介の端正《たんせい》な顔を見て、愕然《がくぜん》とした。

「これ、どうしたのだな」

不審げに、竜之介が小女に近づくと、

「た、助けてぇーっ！」

裾を乱して太股《ふともも》までさらけ出しながら、その女は、奥の勝手口に向かって逃げ出した。

それが合図だったかのように、

「逃げろっ」

「お、俺を置いていくなっ」

「あわわわ」

「神様、仏様っ」

客たちも悲鳴《ひめい》をあげながら、卓をひっくり返して、蜘蛛《くも》の子を散らすように逃げ出した。

あっという間に、店内には誰もいなくなってしまう。

ひっくり返った卓、椅子《いす》代わりの空《あ》き樽《だる》、割れた蕎麦の丼などが残されただけだ。

「何だ。一体、どうなっておるのだ」

竜之介が当惑していると、ふと、お新が横の壁を見た。

「竜之介様、これをっ」

その壁には、人相書《にんそうが》きが貼ってある。姫路の町奉行所が発行した犯罪者の手配書であった。

凶賊《きょうぞく》　血吹雪《ちふぶき》の源兵衛《げんぺえ》
山陽道を荒らしまわる盗賊血吹雪一味の頭目《とうもく》
凶暴無類《ぶらい》　冷血漢の殺人鬼
東国浪人で、剣術に秀《ひい》でている
顔立ちは一見、大藩の若殿風
弁舌巧《べんぜつたく》みに虚言《きょげん》を弄《ろう》するゆえ、決してその口車《くちぐるま》に乗らぬように
見かけた者は、ただちに近くの番屋に報《しら》せるべし

「この人相書きの顔……竜之介様にそっくり」

唖然《あぜん》として、お新が言う。

「なになに……凶賊、血吹雪の源兵衛……盗賊の頭目だと？」

竜之介は、首を捻《ひね》った。

「みんな、竜之介様を見て、こいつと間違えたんだよ」

「ははは、あわて者じゃなあ」

呑気《のんき》に笑う、竜之介だ。

その時、表から、雪崩《なだれ》をうって大勢の人間が飛びこんで来た。

姫路の町奉行所の役人と捕方《とりかた》の群れであった。

「血吹雪の源兵衛、御用だ。神妙にせいっ」

町奉行所の与力《よりき》・藤田《ふじた》左門《さもん》が叫んだ。

「いやいや。これは、ただの人違いでな。わしは旅の浪人で、松平…いや、松浦《まつうら》
竜之介という者だ。これなる連《つ》れは、わしの…」

竜之介は、穏《おだ》やかな口調で弁解しようとした。

が、頭に血の昇った彼らに聞く耳はなく、

「問答無用、かかれっ」

藤田与力の号令によって、

「おうっ」

捕方たちが六尺棒《ろくしやくぼう》や刺又《さすまた》などで、竜之介とお新に襲いかかった。

「やめい、やめんかっ」

竜之介は、打ちかかって来た捕方の六尺棒を奪い取った。

そして、お新を庇《かば》いながら、やむを得ず、数人の捕方を叩き伏《ふ》せる。

「むむ、さすがに殺人鬼といわれるだけあって、源兵衛め。手強《てごわ》いな」

藤田与力は、唸《うな》るように言う。

「馬鹿者、よく見よ」

竜之介は叱《しか》りつけた。

「この顔が、わしの顔が、殺人鬼に見えると申すか」

「む？」

与力たちは、竜之介の顔と壁の人相書きを交互に見る。そして、

「誰がどう見ても、血吹雪の源兵衛だっ」

「冷血漢の殺人鬼だっ」

「やっぱり、嘘が上手《うま》いんだなっ」

「その手に乗るもんかっ」

捕方たちは、口々に言った。

藤田与力は十手《じって》をかざして、

「相手は二人だけだ、数で押せっ」

すると、捕方たちは六尺棒で殴りかかるのではなく、突き出す戦法に出た。

前から右から左から、休みなく六尺棒が突き出される。

かといって、竜之介としては、職務に忠実な彼らを、斬《き》り捨てるわけにもいかなかった。

「これは、堪《たま》らん」

仕方なく、竜之介たちは調理場まで後退する。

そこに、蕎麦を茹《ゆ》でる大釜《おおがま》があった。

「よしっ」

竜之介は、その大釜の把手《とって》をつかんだ。そして、茹で汁を捕方たちに浴びせかける。

「あっちっちっ」

熱い茹で汁を頭からかぶったので、捕方たちは悲鳴を上げて、大混乱になった。

その隙《すき》に、竜之介とお新は、勝手口から逃げ出す。

「今だっ」

「何をしておる、追え、逃すなっ」

藤田与力は口から唾《つば》を飛ばして、喚《わめ》きまくった。

竜之介たちは、路地から路地へと駆け抜け、裏長屋の門の前で、ようやく、一息《ひといき》ついた。

「困ったな。ちっとも、こちらの話を聞こうとはせん。源兵衛という奴は弁舌巧みと書いてあるから、余計にまずい……あれでは、誤解をとくのは難しいぞ」

「竜之介様。将軍様から貰《もら》った、あれを見せれば」

お新に言われて、竜之介は、帯の前に指した黒の扇《おうぎ》を抜く。

「これか」

通常、武士が用いるのは白扇《はくせん》だが、それは黒扇《こくせん》である。

その扇には、金色の三葉葵《みつばあおい》の紋《もん》が描かれていた。

将軍家代人《だいにん》の証明であり、大坂の西町奉行も、明石藩の目付《めつけ》も、葵の御紋の威《い》光《こう》の前には、ひとたまりもなく、ひれ伏《ふ》したのだ。

「しかし、あれほど頭に血が昇っていては、これも偽物《にせもの》と言われそうだ」

万一、争ってる最中に、黒扇が破損したら、大事である。

竜之介は家斎に詫《わ》びれば許されるとしても、将軍家代人たる証拠の扇を破った者は、間違いなく死罪であろう。

「困ったねえ。どうしよう、竜之介様」

お新がそう言った時、路地の入口の方から、

「いたぞ、こっちだ！」

捕方の声が聞こえて来た。

「いかんっ」

竜之介は、長屋の障子戸《しょうじど》を開いた。お新の背を押して、中に飛びこむ。

ところが、中には、若い男女がいた。しかも、夜具《やぐ》の中で交《まじ》わっている真っ最中であった。

「なんだっ、お前らはっ」

本手《ほんて》──正常位で楽しく励んでいた男が、仰天《ぎょうてん》する。

「ごめん、通らせてねっ」

お新が土足のまま、裏庭の方へ駆け抜けようとした時、どかどかと捕方たちが飛びこんで来た。

「きゃあっ」

同衾《どうきん》していた女は、恐慌《きょうこう》状態に陥《おちい》って飛び起きた。気が動転しているから素《す》っ裸《ぱだか》で、揺れる乳房も黒い繁《しげ》みが濃い秘部も丸出しである。

狭い部屋の中は、腰高障子《こしだかしょうじ》や夜具や枕や鍋や六尺棒が飛び交《か》い、何が何だかわからないことになってしまう……。

三

「しまった……お新とはぐれてしまったぞ」

大きな土蔵の蔭で、松平竜之介は、そう呟《つぶや》いた。

「無事でいてくれればよいが」

捕方《とりかた》と闘《たたか》いつつ、長屋の裏庭から別の路地へ飛び出したら、いつの間にか、お新の姿が見えなくなってしまったのである。

「手配書に書かれているのは、わしだけだが、一緒にいたお新も仲間と思われているだろう……捕方に捕縛《ほばく》されたのではあるまいな」

その時、背後に人の気配《けはい》があった。

「──お頭《かしら》」

「ん？」

竜之介が、さっと振り向くと、そこに人相《にんそう》の悪い小柄《こがら》な町人が立っている。

小男《こおとこ》は、丁重《ていちょう》に腰を屈《かが》めて、

「危ないところでしたね。さあ、この駕籠《かご》に乗ってくだせえ」

小男の背後には町駕籠があり、二人の駕籠舁《か》きも神妙に控えていた。

「お頭……とは、わしのことか」

「へへ、勿論《もちろん》でさあ」

小男は笑って、

「さあ、話は後だ。急いでくだせえ」

有無を言わせず、竜之介を籠台《かごだい》の中に押しこんだ。

「おい、頼むぜ」

「へいっ」

二人の駕籠舁きは、轅《ながえ》を右肩に乗せて、走り出す。

その駕籠と小男が、通りへ出ると、

「どうした、まだ見つからぬか。一軒《けん》、一軒、虱潰《しらみつぶ》しに探すのだっ」

藤田与力の号令で、大勢《おおぜい》の捕方たちが右へ左へ駆けまわっている。

血吹雪の源兵衛――つまり、松平竜之介を捜《さが》しているのだ。

だが、当の〈本人〉を乗せた駕籠は、素知《そし》らぬ顔で彼らの間を通り過ぎる。

「間抜けどもめ。様《ざま》ァ、見やがれ」

小男は、密《ひそ》かに嘲笑《ちようしよう》するのであった。

## 四

松平竜之介が、何やら怪《あや》しげな駕籠《かご》に乗せられた頃――渡世人《とせいにん》姿のお新は、

「どうしよう、竜之介様は無事かなあ」

別の路地の突き当たりを、うろうろしていた。

「捕方《とりかた》の連中は、オイラも血吹雪の一味と思ってるんだろうな。えらい事になったもんだ」

竜之介が一緒でなければ、ますます身元の証明が難しくなる、お新なのだ。しかも、男装までしているのだから、さらに厄介《やっかい》である。

路地の入口の方で、捕方たちが騒いでいる声がした。どうやら、こちらへ来るようだ。

「まずいっ」

突き当たりに、裏木戸がある。お新、その木戸を開けて、中にすべりこんだ。

その家の勝手口は、板戸が半分、開いている。

裏木戸を閉めたお新は、その勝手口へ入る。

そこの土間《どま》には、大きな盥《たらい》が置かれていた。

盥に湯をはって、細身の娘が行水《ぎょうずい》しているのだった。

「誰っ⁉」

全裸の娘は、驚く。乳輪の色艶《いろつや》からして、おそらく処女であろう。

「しっ」

お新は、あわてて、裸の娘を抱きしめ、その口を右手でふさいだ。

「オイラは怪しい者じゃない、人違いで追われてるんだ。本当だ」

必死の口調で言う。

「匿《かくま》って、頼むよっ」

「……………」

その娘は、お新の顔を間近《まぢか》に見て、頬《ほお》を赤く染めた。男装の彼女を、美男子と勘違いしたのだろう。

ふさいでいる手の下から、娘は、くぐもった声で、

「――いいわ」

お新は、そっと右手を外《はず》した。

「そこの部屋の押し入れに隠れて。早くっ」

「わ、わかった」

草鞋《わらじ》を脱いで懐《ふところ》に入れると、お新は、台所の前の部屋の押し入れに入る。

これで袋《ふくろ》の鼠《ねずみ》状態になったわけだが、今は、娘を信じるしかない。

「おい、この家の中はどうだっ」

その声とともに、荒々しく、勝手口の板戸が引き開けられた。二人の捕方が、
土間に飛びこんで来る。

「きゃあっ」

盥の娘が、悲鳴《ひめい》を上げた。

「む……お前、一人か」

捕方の一人が、全裸の娘をじろじろ見ながら、問う。

「は、はい」

手拭《てぬぐ》いで小さめの胸と下腹部を隠しながら、娘は頷《うなず》いた。

「両親は、親戚《しんせき》の祝言《しゅうげん》で出かけております。私は、この家の娘で、近《ちか》と申します」

「今、誰か、ここへ逃げこんで来なかったか」

もう一人の捕方が、お近という娘を好色な視線で睨《ね》めまわしながら、言った。

「いいえ。私はこんな格好《かっこう》ですから、知らない人が来たりしたら、悲鳴を上げま

すよ」

「そうか……」

名残惜《なごりお》しそうにお近の裸体を見ながら、捕方たちは外へ出る。

「大体《だいたい》だな。若い娘が行水をするなら、戸に心張《しんば》り棒《ぼう》くらい掛けておけ。わかったか」

偉そうに説教をして、捕方たちは、裏木戸から立ち去った。

お近は盥から出ると、大胆にも全裸のまま、下駄《げた》を履《は》いて裏木戸まで行く。

そして、路地の様子をうかがってから、裏木戸に錠《じょう》をかけて、娘は家の中へ戻って来た。

「ねえ。まだ、そこから出ちゃ駄目《だめ》よ」

お近は、土間から座敷の押し入れに向かって、小声で言う。

「別のお役人が、いきなり、やって来るかも知れないから」

「わかった」

押し入れの中から、お新が返事をする。今は、万事、お近の言う通りにするしか、道はないのだ。

「有難う、助かったよ」

それを聞いたお近は、「ふふ」と嬉しそうに微笑《ほほえ》む。

そして、手拭いを絞《しぼ》って、まだ男を識《し》らない処女の軀《からだ》を、いそいそと拭《ふ》きだした。

# 第二章　ふたり若殿

一

姫路《ひめじ》の城下町——その南の外《はず》れに、荒れ寺があった。

夕暮れの中——松平竜之介《まつだいらたつのすけ》を乗せた駕籠《かご》は、その雑草の生《お》い茂《しげ》る境内《けいだい》へ入る。

「ここは」

竜之介は駕籠から下りて、尋《たず》ねる。

「しっかりしてくだせえ、お頭《かしら》。姫路での集合場所にした、庄徳寺《しようとく》じゃありませんか」

駕籠についてきた小男《こおとこ》が、笑った。

そして、本堂の中にいた十数名の男たちが、竜之介を出迎えた。

「血吹雪《ちふぶき》の源兵衛《げんべえ》お頭、お帰りなせえまし」

例の小男――清吉《せいきち》が、改めて頭を下げる。

「お帰りなせえましっ」

男たちは、一斉《いっせい》に叩頭《こうとう》した。その中には、二人の駕籠舁《か》きもいる。

「う、うむ」

須弥壇《しゅみだん》を背にして立たされた竜之介は、ぎごちなく頷《うなず》いた。

(困ったな)竜之介は焦《あせ》った。

(わしは、本物の源兵衛と思われているらしい……そんなに凶悪《きょうあく》そうな顔であったのか、わしは)

ちょっと落ちこんでしまう、竜之介であった。

「赤穂《あこう》の城下で木《こ》っ端《ぱ》役人どもに追われて、散《ち》り散《ぢ》りになって逃げた俺たちが、こうして無事に再会できて、本当にようござんした」

一同を見まわして、清吉が言う。

「特に、覆面《ふくめん》が脱げて人相《にんそう》がばれちまったお頭は、姫路の城下にまで手配書がまわってたんで、どうなることかと心配しましたよ」

「そうか」

竜之介は、曖昧《あいまい》に頷きながらも、

（ここに血吹雪一味が勢揃《せいぞろ》いしているのなら、この者どもを打ち倒して役人に引き渡せば、わしが源兵衛だという誤解は晴れるのではないかな……）

胸の中では、そんなことを考えている。

「で、早速《さっそく》ですが、お頭」と清吉。

「先乗りして潜《もぐ》りこんだ奴らのおかげで、次の盗みの手筈《てはず》は、整っております。姫路といえば木綿《もめん》ですが、城下で一、二を争うといわれる木綿問屋の佐貫屋《さぬきや》の蔵にゃ、二万両《りょう》の小判が眠ってるそうで」

「ふうむ」

血吹雪一味の手先が、その佐貫屋という大店《おおだな》に潜りこんでいるのなら、そいつらも一緒に捕《つか》まえないと画竜点睛《がりょうてんせい》を欠くな――と、松平竜之介は考えた。

「お頭が役人どもに目をつけられた以上、愚図愚図《ぐずぐず》しちゃいられません。明日にでも佐貫屋へ押し入り、一人残らず皆殺しにして、金を奪った方が…」

と、勢いこんだ清吉を遮《さえぎ》るように、

「――清吉、野暮《やぼ》だねえ」

女の声がした。

「ん？」

竜之介が声のした方を見ると、庫裡《くり》への通路のところに、妖艶《ようえん》な年増《としま》女が立っている。

年齢は二十代後半か、長煙管《ながきせる》を手にした女夫髷《めおとまげ》の美女は、その全身から濃厚な色香《いろか》を放っていた。

「これは、お百姐御《ひゃくあねご》」

清吉は会釈《えしゃく》をする。お百と呼ばれた女は、ふぅーっと紫煙《しえん》を吐《は》いて、

「お頭が、無事に戻ったんだからさあ。盗みの打ち合わせの前に、もっと大事なことがあるだろう。もう少し、気をきかせるもんだよ」

そう言いながら、お百は、竜之介の腕をとって、自分の胸元に押しつける。

「ねえ、お前さん」

「う……」

迂闊《うかつ》に返事をすると、源兵衛でないことがばれそうなので、竜之介は言葉に詰《つ》まった。

「こいつは、どうも。失礼しやした」

清吉は、苦笑する。

「みんな。お頭と姐御の邪魔をして馬に蹴《け》られねえように、俺たちはとりあえず、

無事に集合した祝いだ。酒盛りといこうじゃねえか」

「待ってました」

男たちは大喜びであった。

二
「さ、こっちへ」

戸惑《とまど》う松平竜之介の腕を引いて、お百は、庫裡《くり》の座敷へと連《つ》れこむ。

そこには、すでに夜具《やぐ》が敷かれていた。

「ふ、ふ。床急《とこいそ》ぎなんて、要領の悪い素人《しろうと》女みたいで、何だか羞《はず》かしいね」

長煙管《ながきせる》を煙草盆《たばこぼん》に置いて、お百は、竜之介に背を向けた。

「でも、お前さんが役人どもに捕《つか》まりゃしないかと心配してるうちに……あたしは軀《からだ》が熱くなって、どうにも我慢できなくなったんだよ」

お百は帯を解《と》いて、するりと着物を脱いだ。肌襦袢《はだじゆばん》も下裳《したも》も、足元に落とす。

熟《う》れ切った肢体《したい》で、盛り上がった臀《しり》の丸みが実に扇情《せんじよう》的だ。

行灯《あんどん》の光を浴びて、お百の肌に、年増女《としまおんな》独特の銀色のうねりが走る。

その背中には、見事な彫物《ほりもの》があった。口に血まみれの包丁を咥《くわ》えた山姥《やまんば》——という凄惨《せいさん》な図柄《ずがら》である。

お百は、渡世名《ふたつな》を〈山姥お百〉という女盗賊《おんなとうぞく》なのだった。

「何をぼんやりしてるのさ、お前さん」

全裸のお百は、突っ立っている竜之介に抱きついた。

「いや、あのな…」

宥《なだ》めようとした竜之介の言うことも聞かずに、お百は、手際《てぎわ》よく彼を裸に剝《む》いてしまう。

夜具に、竜之介を押し倒すと、山姥お百は、その腰の上に跨《また》がった。騎乗位で結合しようというのだ。

女賊の乳房は大きく、乳輪は茱萸《ぐみ》色をしている。

秘部を飾る繁《しげ》みは豊饒《ほうじょう》で、肉厚の花弁《かべん》は赤黒い。

その一対の花弁は、すでに、透明な愛汁《あいじゅう》で濡《ぬ》れそぼっていた。

お百は、毟《むし》り取るようにして竜之介の下帯《したおび》を外《はず》すと、まだ柔《やわ》らかい男根に、熱く濡れた秘部をこすりつける。

たちまち、竜之介のものは反応した。持ち主の意志とは無関係に、そそり立ってしまう。

泰山《たいざん》流剣術の達人である竜之介は、女体《にょたい》の扱いの達人級であった。そして、股間《こかん》の道具も、天下の業物《わざもの》なのである。

長さも太さも、普通の男性のそれの倍以上もあるのだ。

そして、天狗《てんぐ》面の鼻のように反《そ》りかえり、黒々としていた。

お百は、特大の肉鑓《にくやり》を片手で摑《つか》んで、

「これよ、これが欲しかったのっ」

腰を捻《ひね》って、女壺《にょつぼ》に呑みこんだ。

ずず……と長大な男根が、肉洞の奥の奥まで侵入する。

「ああァっ、いつもより巨《おお》きいみたいだよう」

お百は、悦《よ》がりまくった。

狂ったように、豊かな臀を蠢《うごめ》かして、

「凄《すご》いっ、死んじゃうよォ……っ」

「さ、左様《さよう》か」

女盗賊の派手《はで》な乱れっぷりに、竜之介は気圧《けお》されてしまう。

大きな乳房が上下に揺れて、その谷間を汗が流れ落ちた。

髪を振り乱して、お百は、巨根を貪《むさぼ》る。

（やれやれ……若殿稼業《かぎょう》もつらいが、盗賊の身代わりはつらいな）

竜之介は、胸の中で嘆息《たんそく》した。

（頭目《とうもく》の情婦《いろ》であるこの女と交《まじ》わった以上、乾分《こぶん》どもを叩きのめして、わしが源兵衛でないと言い張っても、役人には信用されぬだろう……これは、ややこしい事になってしまったぞ）

その一方で、味わい深い成熟した女壺を、無意識のうちに力強く突き上げてしまう竜之介であった。

（お新……無事でいてくれよ）

女盗賊と裸の肉弾戦を演じながら、竜之介は、そう祈った。

三

（神様、仏様。竜之介様が、無事でいますように……）

お新《しん》は、眠りながら涙ぐみつつ、神仏に祈っていた。

翌朝――お近《ちか》の家の座敷である。

夜具《やぐ》で寝ているお新は、半裸だった。胸元から腹にかけて、白い晒《さら》し木綿《もめん》を巻いているし、真っ白な木股《きまた》を穿《は》いている。

町奉行所の探索が一段落したので、押し入れから出て来たお新は、お近に夕餉《ゆうげ》を振る舞われて、夜具で休んだのであった。

と、お新は胸元に、何か柔《やわ》らかな圧迫を感じた。

「ん……？」

目を覚ますと、お近が抱きついている。

しかも、お近は、一糸《いっし》纏《まと》わぬ全裸であった。その乳房を、お新の胸に押しつけていたのだ。

「わっ、お近さんっ」

あわてて、お新は、相手を押しやろうとした。

「な、何の真似《まね》だよっ⁉」

「新太さん、一目《ひとめ》惚《ぼ》れなの……あたしを抱いてぇ」

お近は、ぎゅっと抱きつく。

「友達はみんな、もう、男を識《し》っているのに、あたしだけは十八で生娘《きむすめ》のまま……肩身が狭いのよ。あんたに、〈女〉にしてもらいたいの。でも……」

十八娘は含羞《はにか》んで、

「優しくしてくれなきゃ、厭《いや》よ」

全身に媚《こ》びを張《みなぎ》らせている、お近だった。

「違うっ」

お新は焦《あせ》って、お近を押しのけた。そして、胸の晒しを引き下げる。

小さいが形の良い胸乳《むなぢ》が、ぽろりと顔を出した。

「見ろ、オイラは女だっ」

四

お新が怒鳴《どな》ったのと、ほぼ同時刻――城下町の盛り場《さかば》に、〈お休《やす》み処《どころ》菊屋《きくや》〉という看板が出ている。

休憩所という建前《たてまえ》だが、ここは、非合法の売春宿であった。

その一室――乱れた夜具《やぐ》の上に、全裸の女が三人、あられもない姿で寝こんでいる。

三人とも、この菊屋のお抱《かか》えの遊女であった。

彼女たちの秘部は酷使《こくし》され過ぎて、真っ赤に腫《は》れ上がり、そこに男の体液がこびりついている。

散々《さんざん》に責められ、嬲《なぶ》られたらしく、女たちの肌には、叩かれたり嚙《か》んだりされた痕《あと》も残っていた。

疲れ果てた女たちの間に、体格の良い長身の男が、下帯《したおび》一本の姿で眠っている。

この男は、大刀《だいとう》を抱えこんでいた。

と——襖《ふすま》が、そっと開いた。

「…………」

この店の主人・伊太八《いたはち》が、亀の子のように首を伸ばして、座敷の中を覗《のぞ》きこむ。

その瞬間、眠っていたはずの男が、ぱっと振り向きながら片膝立ちになり、抜刀《ばっとう》した大刀の切《き》っ先《さき》を、伊太八の鼻先に突きつけた。

その三つの動作を、この男は、一挙動で行ったのである。

闇《やみ》の世界に棲《す》む獣物《けだもの》独特の俊敏《しゅんびん》さであった。

目つきこそ悪いが、その男の顔や体格は、若殿浪人・松平竜之介に生き写しであった。

つまり、この男が、凶賊《きょうぞく》としてお尋《たず》ね者《もの》となっている、血吹雪の源兵衛なのだ。

「ひっ」

伊太八は、腰を抜かしてしまう。

「何だ、伊太八か……」

源兵衛は、切っ先を引っこめた。

「襖を開ける時には、声をかけろ——と言っただろう」

「す、済みません」と伊太八。

「ですが、血吹雪のお頭《かしら》。もう、三日も居続けなんで、そろそろお勘定《かんじょう》の方を……へへへ」

この伊太八も暗黒街の住人であり、相手が手配中の凶賊と知った上で、店に居続けさせたのである。

無論、町奉行所に密告などしていない。源兵衛は絶対に敵にまわしてはいけない相手だ——と、伊太八は知っているからだ。

「……よかろう」

ちゃりっ、と伊太八の前に、数枚の小判が投げ捨てられる。

勿論《もちろん》、妓《おんな》の揚《あ》げ代《だい》だけではなく、匿《かくま》ってもらった口止め料も入っているのだ。

「俺が一番手で姫路に着いたのに、人相書《にんそうが》きが出まわっているとは、忌々《いまいま》しいことだ」

「へへへ、どうも」

伊太八は、小判を掻《か》き集めながら、

「でも、役人どもが血吹雪のお頭を取り逃したらしい――と、町じゃ、もっぱらの噂《うわさ》ですぜ。そろそろ、大丈夫なんじゃありませんかね」

「ふうむ」

源兵衛は少し考えてから、

「では、風呂で妓どものにおいを洗い流してから、庄徳寺へ行って見るか」

「それが、ようございますよ」

ほっとした顔で、伊太八は言った。

五

「ちぇっ、女だとわかった途端《とたん》に追い出されちまった。現金だなあ」

ぼやきながら、盛《さか》り場《ば》の通りをやって来たのは、渡世人風の姿をした新太《しんた》――お新であった。

お新が女であると知って、激怒したお近は、家から追い出したのである。

お近としては、一目惚《ひとめぼ》れした相手に処女を捧げようとして迫ったら、それが女だったのだから、悔《くや》しさと羞《はず》かしさで怒るのも無理はない。

実は、お新は、三人妻の桜《さくら》姫や志乃《しの》とは女同士の濃厚な愛撫《あいぶ》をしあう仲だ。

しかし、それはあくまで、竜之介を介しての関係であり、お新が女性同性愛者だというわけではない。

だから、会ったばかりの娘に「女にして」と抱きつかれたので、驚いて引き剝《は》がしてしまったのだ。

「まだ、朝飯も食べてないのに……それにしても、竜之介様は無事でいるのかなあ」

その時、お新は、菊屋から深編笠《ふかあみがさ》をかぶった浪人者が出て来るのを見た。黒の小袖《こそで》に青灰色の袴《はかま》という姿だ。

「では、お気をつけて」

見送りに出た主人の伊太八が、頭を下げる。

「世話になったな」

深編笠の端《はし》を持ち上げて、会釈《えしやく》を返したのは、血吹雪の源兵衛である。

「あっ」

小さく叫んだお新は、その後に続く「竜之介様」という言葉を、危《あや》うく呑みこんだ。

そして、お新は、そっと周囲を見まわす。

幸いにも、町方の役人や捕方《とりかた》、岡《おか》っ引《ぴき》らしい者の姿はない。

その間に、源兵衛は、足早に歩き去っていた。

駆け出すと人目《ひとめ》を引くので、お新は、歩き方を速めて、源兵衛のあとを追う。

お新が、相手に追いついたのは、盛り場を過ぎたあたりの路地の前であった。

「心配してたんだよ、竜之介様っ」

周囲に人けがないので、お新は、源兵衛に駆け寄った。

「ん……」

源兵衛は振り向いて、男装のお新を見つめる。

「着物まで替えちゃってさ、まるで目つきも変わったみたい……あれ？」

お新は間近で見て、ようやく、相手が愛する竜之介ではないらしいことに気づいた。

はっとして、青ざめる。

「まさか、本物の血吹雪の源兵衛……」

それを聞いた瞬間、源兵衛は、素早く動いた。お新の鳩尾《みぞおち》に、当《あ》て身《み》を入れる。

「うっ」

崩《くず》れ落ちるお新の軀《からだ》を、源兵衛は抱き留めた。そして、さっと周囲を見回してから、路地の奥へと運びこむ。

文字にすると長いが、源兵衛は、これらの動作を一瞬のうちにやってのけたのだ。

意識を失ったお新を軽々と肩に担《かつ》いで、源兵衛は、路地の奥へと入る。

路地を抜けた向こう側に、格好《かっこう》の空家《あきや》があった。裕福な町人の隠居所《いんきょじょ》として建てられた家らしい。

源兵衛は、お新を、その家の居間《いま》に転がす。

「ううむ……やはり、男の格好をした女だったか」

仰向《あおむ》けになったお新の胸の晒《さら》しは、解《ほど》けかかっていた。そこから、胸のふくらみが見えている。

肩に担いだ時から、妙に軀が柔《やわ》らかいと思っていたのだ。

源兵衛は、お新の胸の晒しを解きながら、

「ゆっくりと味見してから、俺を竜之介と呼んだ理由を聞き出してやろう。ふふふ」

そう呟《つぶや》きながら、木股《きまた》まで脱がせる。これで、お新は裸にされたわけだ。裸なのに、草鞋《わらじ》と脚絆《きやはん》、手甲《てっこう》だけを身につけているのが、かえって、卑猥《ひわい》であった。

脱ぎ捨てた袴《はかま》を部屋の隅に放ると、源兵衛は、素《す》っ裸《ぱだか》のお新に覆《おお》い被《かぶ》さる。

「あっ」

その重みに、お新が、目を覚ました。

「何をするんだ、こいつ！」

とっさに、お新は、相手を突き飛ばそうとした。

「活《い》きの良い女だ。さぞかし、あそこの締まり具合も良かろうな。はっはっは」

笑いながら、源兵衛は、お新の抵抗を軽々とあしらう。

そして、猛《いき》り立ったもので、鴇《とき》色の秘処《ひめどころ》を貫《つらぬ》こうとした。

「ああ……」

絶望的な状況に陥《おちい》ったお新の右手が、何かに触《ふ》れた。それは、紫檀《したん》の重い煙草《たばこ》盆《ぼん》であった。

無我夢中で、お新は、その煙草盆を摑《つか》んだ。それを、源兵衛の頭に叩きつける。

「ぐあっ」

濁《にご》った悲鳴《ひめい》を上げて、さすがの源兵衛も、横に転がった。

起き上がったお新は、自分の小袖や木股に飛びついた。それを掻《か》き集めると、全裸のまま、部屋から庭へ飛び出す。

「むむ……くそっ」

罵声《ばせい》を洩《も》らしながら、源兵衛は軀を起こした。

月代《さかやき》に触れて、そこに瘤《こぶ》が出来ているのを知り、さらに激怒する。

「許さん。あの女、生きたまま斬《き》り刻《きざ》んでやるっ」

憤怒《ふんぬ》の形相《ぎょうそう》で大刀《だいとう》を抜き放ち、源兵衛は、庭へ下りた。

荒れ放題の庭を、お新の姿を求めて、捜《さが》しまわる。

しかし、お新の姿は、どこにもなかった。

「ちっ、逃げ足の速い女だ……」

源兵衛は、大刀を鞘《さや》に納めて、

「こうなったら、手下どもと待ち合わせている庄徳寺に急いだ方がいいな」

そう呟《つぶや》いて、身繕《みづくろ》いをした。自分の痕跡《こんせき》を残さないように、部屋の中を見まわしてから、庭へ下りる。

源兵衛が空家から出ていくと、ややあって、別の部屋からお新が姿を現した。裸で庭へ逃げたふりをして、実は、家の中へ戻っていたのである。

そして、手早く着物を着てから、様子をうかがっていたのだった。

「よし。あいつのあとを尾行《つけ》れば、盗賊《とうぞく》一味の隠れ家《が》がわかるな。そうすれば、竜之介様の疑いも晴れる――」

空家を出たお新は、用心深く、源兵衛のあとを追う。

六

「美味《おい》しい……なんて美味しい魔羅なんだろう」

お百は、逞《たくま》しく屹立《きつりつ》した極太《ごくぶと》の男根をしゃぶりながら、呟《つぶや》いた。

魔羅――MARAは、男性器の淫語である。

「のう、お百」

松平竜之介は、夜具《やぐ》の上に胡座《あぐら》をかいていた。

お百は、その前に蹲《うずくま》るようにして、肉の凶器に唇と舌で奉仕《ほうし》しているのだった。

「我らは昨日から、ほとんど眠らずに交《まじ》わっておる。もう、そろそろ、やめぬか」

いささか、うんざりした口調であった。

その夜具は、二人分の汗と体液で湿っている。周囲には、丸めた始末紙が散乱していた。

「だって……お前さんたら、まるで別人みたいに凄《すご》いんだもの。言葉つきまで、本当の若様のように変わっちまったし」

重い玉袋にまで舌を這《は》わせて、お新は言う。

「あたしは女に生まれて、こんなに逝《い》ったのは初めてだよ。もう、腰骨が蕩《とろ》けたようで……」

そう言っているうちに、お百は、さらに欲情してしまったらしい。

「ね、後ろから犯して。最低の牝犬《めすいぬ》みたいに突きまくって、責め殺してよ」

お百は、夜具に四《よっ》ん這《ば》いになると、豊満な臀部《でんぶ》を竜之介の方へ突き出す。

臀の深い谷間が開いて、薄茶色をした後門が見えた。

「仕方のない奴じゃな」

溜息《ためいき》をつきながらも、竜之介は、お百の後ろに片膝立ちになった。

熟女の唾液《だえき》に濡《ぬ》れた巨砲を、赤黒い亀裂《きれつ》にあてがう。そして、ずぶり、と貫《つらぬ》いた。

「ひいイィっ」

お百は仰《の》けぞった。長大な逸物《いちもつ》が、その根元まで、女壺《にょつぼ》に没入する。

竜之介は、女の臀肉を両手で鷲《わし》づかみにすると、ゆっくりと長大な肉根の抽送《ちゅうそう》を開始した。

色鮮《あざ》やかな背中の山姥《やまんば》の彫物《ほりもの》を眺めながら、濃厚な味わいの肉壺を、力強く突いて突いて、突きまくる。

「凄《すご》い、裂《さ》けちゃうっ」

女盗賊は、悲鳴《ひめい》に近い悦声《よがりごえ》を上げた。

その喜悦の絶叫は、本堂にまで流れる。

「――昨日の夜から、姦《や》り続けだな」

小男《こおとこ》の清吉が、呆《あき》れたような声で言った。

血吹雪一味は、押し入る予定の佐貫屋の見取り図を囲んで、話し合っているところであった。

「まったく、お百姐御《あねご》の好色者《スキもの》ぶりには、驚いたね」

「女盛《おんなざか》りだからなあ」

「その姐御を一晩中、責めまくっているお頭は、本当に勢力絶倫だよ。羨《うらや》ましくなるぜ」

手下たちは、口々に言う。

「――おい」

そこへ、突然、本堂へ踏みこんで来た者がいた。

それは、月代《さかやき》に瘤《こぶ》がある血吹雪の源兵衛であった。

「だ、誰だっ」

腰を浮かせた清吉は、相手の顔を見て、

「お頭《かしら》じゃありませんか、脅《おど》かさないでくださいよ……あれれ？」

まだ、お百の悦声が続いているのに気づいて、清吉は首を傾《かし》げる。

「すると、あっちでお百姐御と姦ってるお頭は、誰だろう……」

「何だとっ！」

源兵衛は、きっと庫裡《くり》の方を睨《にら》みつけた。

七

「むっ」

庫裡の一室で、犬這《いぬば》いのお百を責めていた松平竜之介は、枕元の大刀《だいとう》に手を伸ばした。

そこへ、襖《ふすま》を蹴倒《けたお》して飛びこんで来たのは、源兵衛であった。

「この姦婦《かんぷ》、成敗《せいばい》してやるっ」

大刀で、女盗賊《おんなとうぞく》に斬《き》りかかる。

竜之介は、ずぼっと巨根を肉壺《にくつぼ》から引き抜きながら、お百の軀《からだ》を勢いよく突き飛ばした。

そして、源兵衛の太刀《たち》を半抜きにした自分の太刀で、がっと受け止める。

「きゃっ」

数回転して、お百は座敷の壁に叩きつけられる。

竜之介に突き飛ばされなければ、お百は、真《ま》っ二《ぷた》つになっていただろう。

「とおっ」

竜之介は、源兵衛の太刀をはねのけた。そして、一回転して庭へ飛び出す。

その時には、大刀は抜き放っていた。

雑草の生い茂る庭で、全裸の竜之介は、大刀を正眼《せいがん》に構える。

その股間《こかん》の道具は、竜之介の男らしさを象徴するかのように、萎《しぼ》みもせずに重々しく垂《た》れ下《さ》がっていた。

全裸で刀を構えても、滑稽《こっけい》な感じは微塵《みじん》もなく、女心を蕩《とろ》かすような立派な姿であった。

源兵衛も庭へ飛び出して、竜之介と対峙《たいじ》する。

「ぬう……」

自分のものよりも立派な竜之介の男根を見て、源兵衛は嫉妬《しっと》の表情になった。

お百は、腰が抜けたようになって、ぼろぼろの障子《しょうじ》にすがりついた。庭の光景を見て、

「一体、何がどうなってるんだい。あの人が、二人いるなんて……」

本堂にいた手下たちも、ばらばらと庭へ飛び出した。

「どうも態度が妙だと思ったら、お頭《かしら》の偽者《にせもの》だったのかっ」

清吉が、悔《くや》しそうに言う。

「馬鹿を申すな」

竜之介は、にっと微笑《ほほえ》んで、

「わしは、偽者ではない。弱きを助け悪を許さぬ、本物の漢《おとこ》だ」

「ふざけるなっ」

懐《ふところ》の匕首《あいくち》を引き抜いた清吉は、竜之介に突きかかった。

が、竜之介の大刀の峰が、その右手首に振り下ろされる。

「ぎゃっ」

手首の骨が砕《くだ》かれて、清吉の手から匕首が落ちた。

その首の付け根に、大刀が叩きこまれる。

清吉は、ものも言わずに倒れ伏《ふ》した。

「野郎っ」

「兄貴の仇敵《かたき》だっ」

匕首を構えた手下どもが、次々にかかっていく。

だが、竜之介は苦もなく、彼らを峰打ちで薙《な》ぎ倒した。どいつもこいつも、気絶するか、動けなくなって呻《うめ》いている。

血吹雪一味で残ったのは、頭目《とうもく》の源兵衛だけであった。

竜之介と源兵衛は、互いに視線をぶつけ合う。

「そうか、わかったぞ」と源兵衛。

「あの男の形《なり》をした女が、竜之介と言っていたのは、貴様のことだな」

「その方《ほう》、お新に会ったのか」

竜之介は、眉《まゆ》をひそめる。

「会ったどころか、俺の頭を煙草盆《たばこぼん》で殴って逃げやがった。とんでもない阿魔《あま》だ」

「それはたぶん、自業自得《じごうじとく》だろう」

どうやら、お新は無事らしい——と竜之介は密《ひそ》かに安堵《あんど》した。

「とにかく、不義密通《ふぎみっつう》の間男《まおとこ》は、淫婦《いんぷ》と重ねて両断するのが定法《じょうほう》だ。貴様を片づけたら…」

源兵衛は、じろりとお百を睨《にら》んで、

「おい、お百。てめえも、真っ二つにしてやるからなっ」

「ひっ……」

さすがの女賊も、がたがたと震《ふる》え出した。

仕置《しおき》の際の源兵衛の冷酷《れいこく》さ、残忍《ざんにん》さを、熟知しているからだろう。

竜之介は静かな口調で、

「その者は、わしを本当の源兵衛だと信じて交《まじ》わったのだ。不義密通ではあるまい」

「………っ」

お百、はっと表情を動かす。竜之介の言葉に、胸を突かれたのだ。

「黙れっ！」

喚《わめ》きながら、源兵衛は突進した。

大上段から、気魄《きはく》の籠《こ》もった剣を振り下ろす。

竜之介は右へ廻りこんで、その一撃をかわした。

が、振り下ろされた源兵衛の大刀は、すぐに、斜めに斬り上げられる。

「おっ」

竜之介は危《あや》うく、その太刀を払った。

そして、横薙《な》ぎに大刀を振るう。

今度は、源兵衛が後ろへ跳《と》び退《さ》がって、それをかわした。

竜之介の横薙ぎの峰打ちを、まともにくらっていたら、肋骨《ろっこつ》が数本、砕《くだ》かれていただろう。

「やるな」

源兵衛は、野獣のように歯を剝《む》いた。

「その方も、なかなかの腕前だ」

竜之介は言う。

「それほどの剣の腕を持ちながら、なにゆえに、盗賊稼業《かぎょう》に堕《お》ちたのか」

「剣の腕があるからこそ、俺は、盗賊にしかなれなかったのだっ」

源兵衛は吠《ほ》えた。

「今の世は、間違っておる。剣よりも算盤《そろばん》の達者な武士の方が、出世できるのだからな」

「それは僻《ひが》みというものだ」と竜之介。

「真っ当に生きる努力を怠《おこた》ったからこそ、その方は、手配書がまわるような身上《しんじょう》になったのだろう」

「黙れっ」

図星《ずぼし》を突かれて激怒した源兵衛は、諸手《もろて》突《づ》きに打って出た。

躯《からだ》ごとぶつかるような猛烈《もうれつ》な突きであったが、竜之介は左へかわして、大刀を振り下ろす。

脳天を、刀の峰で一撃された源兵衛は、

「う……」

剣を取り落とした。そして、顔から地面に倒れこむ。脳震盪《のうしんとう》を起こして、気を失ったのだ。

「旦那《だんな》、嬉しいっ」

裸体に肌襦袢《はだじゅばん》をひっかけただけのお百が、裸足《はだし》のまま飛び出して来た。そして、竜之介の足にすがりつく。

「こんな莫連女《ばくれんおんな》を、庇《かば》ってくれるなんて……」

「お百。罪を償《つぐな》って、改心いたせよ」

女盗賊を見下ろして、竜之介は優しく言った。

その股間の肉根は、どのような危機に際しても、だらりと垂れ下がったままである。

「はいっ」

お百は涙ぐんで、

「だけど、役人に捕《つか》まって入牢《じゅろう》になる前に、もう一度だけ、旦那の立派なものを味わいたいの……」

そう言って、竜之介の下腹部に顔を埋《う》める。

男性器を咥《くわ》えると、お百は、頭を前後に動かした。

「飲ませて、熱いのをっ」

仁王《におう》立ちの竜之介の前に跪《ひざまず》いて、肉の凶器を真心こめてしゃぶる、お百であった。

遠くから、大勢《おおぜい》の者が駆けつける足音が聞こえて来た。

おそらく、源兵衛を尾行したお新が、庄徳寺に血吹雪一味がいる――と、町奉行所に通報したのであろう。

「よしよし。一滴《いってき》残らず、飲み干《ほ》すが良い」

竜之介は、夥《おびただ》しい量の聖液を放った。

「おぐ、うぐぐ……」

お百は喉《のど》を鳴らして、その白濁した熱い雄汁を嚥下《えんげ》する。

「うむ……今日も日本晴れだな」

抜けるように蒼《あお》い秋の空を見上げて、正義の若殿浪人・松平竜之介は、呑気《のんき》に言うのであった。

# 第三章　峠の鬼退治

## 一

播磨《はりま》国の赤穂《あこう》領と備前《びぜん》国の岡山《おかやま》領との境界が〈船坂峠《ふなさか》〉で、山陽道《さんようどう》の第一の難所といわれる場所であった。

その船坂峠に、岡山藩池田《いけだ》家三十一万五千石《ごく》の関所が設けられている。

東と西に門があり、周囲には高い木の柵が建てられていた。

門内には、面番所《めんばんしょ》と番士詰所《つめしょ》などが設けられている。

面番所の背後は急斜面の山肌で、反対側は切り立った崖《がけ》になっていた。

「その女を捕《と》らえろっ」

突然、関所の門内に大声が響き渡った。

怒鳴《どな》ったのは、面番所の上之間《かみのま》に座っている関所奉行、伊丹軍太夫《いたみぐんだゆう》であった。

軍太夫は、蝦蟇《がま》の化身《けしん》かと思われるような顔形の中年男だ。まだ夕方にもならないというのに、酒盃《しゆはい》を手にしている。

御役目の最中だというのに、酔っぱらっているのだった。

「あっ、何をなさいますっ」

それは、西の門から入ってた町人の女だった。粗末《そまつ》な身形《みなり》だが、顔立ちは美しい。

二十歳《はたち》くらいのその女は、足軽たちの六尺棒《ろくしやくぼう》に押さえこまれる。

地面にしゃがみこんだまま、動くことができない。

裾前《すそまえ》が乱れて、右の膝頭《ひざがしら》だけではなく、太腿《ふともも》の一部までが露出していた。

「ふ、ふ、ふ」

女の白い太腿を凝視しながら、軍太夫は嗤《わら》った。

「この関所は、我が岡山藩の特産品である備前焼の不正な持ち出しを、監視しておるのだ」

「はい、それは存じておりますが……」

「わしの見るところ、お前は、持ち出し一味の手先に違いない」

軍太夫は決めつける。

「何を証拠に、そのようなことをっ」

女は身を捩《よじ》って、

「わたくしは、荷物など持っておりません」

「いや、小さな一輪挿《いちりんざ》しや細工物《さいくもの》なら、お前の軀《からだ》の隠処《かくしどころ》に納められるだろう」

「隠処と申されますと……」

「言うまでもない。女の軀には、男よりも一つ多く孔《あな》があるだろうが」

「えっ」

女は顔色を変えた。関所奉行の言う隠処とは、女性器の暗喩《あんゆ》に他ならない。

「お錦《きん》、調べてみよ」

軍太夫は、たっぷりと肉のついた顎《あご》をしゃくる。

「はいはい、ただ今」

しわくちゃの卑《いや》しい顔つきをした老婆《ろうば》が、面番所の脇から出て来た。

これが、人見婆《ひとみばば》のお錦である。

本来、人見女とは改め女とも呼ばれて、女が男装して箱根の関所を通るのを防ぐために、その軀を調べるのが役目である。

だが、この船坂峠の関所の人見婆には、別の役目があるらしい。

「関所奉行様のご命令じゃ。観念するがよいぞ。うひひひ」

そう言いながら、お錦は、無造作《むぞうさ》に女の胸元や股間《こかん》に手をつっこんだ。

そして、乳房を揉《も》みしだき、秘部を弄《いじ》りまわす。

「ひいっ」

女は悲鳴《ひめい》を上げた。

「それそれ、怪《あや》しいものは隠しておらぬかな。この具合の良さそうな孔の奥は、どうじゃ」

「ああっ、やめてえっ」

お錦の手から逃れようとする女だが、六尺棒に押さえこまれているので、どうにもならない。

「むむ、む……」

眼をぎらつかせて、その様子を見物していた軍太夫は、袴《はかま》の股間を膨《ふく》らませている。

「その女、こちらへ連れて参れ。わしが直々《じきじき》に、取り調べをいたすぞっ」

ぺろりと分厚い唇を舐《な》めて、関所奉行がそう言った時、

「無法な真似《まね》はやめい！」

斧《おの》で断《た》ち割るような迫力のある声で、大喝《だいかつ》した者がいた。

仰天《ぎょうてん》した一同が、東の門の方を見る。

そこに立っているのは、若殿浪人・松平竜之介《まつだいらたつのすけ》と渡世人姿のお新《しん》であった。

「何者だ、貴様はっ」

軍太夫は吠《ほ》えた。

「天下御免の素《す》浪人、松平…いや、松浦《まつうら》竜之介というものだ」

竜之介は、肥満体の軍太夫を見据《みす》えて、

「最前からの、その女人《にょにん》に対する常軌《じょうき》を逸《いっ》した振る舞い。とても、まともな関所役人のすることとは思えぬ」

「たかが浪人の分際《ぶんざい》で、生意気なことを言いおって。岡山藩関所奉行のわしを、何と心得るかっ」

軍太夫は激怒した。酒盃を、上之間の前の地面に叩きつけて、

「かまわぬ、其奴《そやつ》を斬《き》りすていっ」

「ははっ」

大刀《だいとう》を抜いた番士や六尺棒を構えた足軽たちが、竜之介に襲いかかる。

「ひぇえっ」

巻き添えを怖れて、お錦婆ァは逃げ出した。

「愚《おろ》かな――」

竜之介は、抜刀《ばっとう》しなかった。

一人目の番士の大刀をかわすと、その右手首に手刀を叩きこむ。

「うう……」

そいつは大刀を落として、地面に膝をついた。手首の骨に、罅《ひび》が入ったのだろう。

さらに、竜之介は、二人目の番士を犬ころ投げに投げ飛ばし、三人目の番士の足を払った。

「わっ」

ずでんっ、と臀餅《しりもち》をついた番士の鳩尾《みぞおち》に、竜之介は、草鞋《わらじ》の踵《かかと》で蹴《け》りを入れる。

そいつは、悶絶《もんぜつ》した。

「一人ひとり、相手をするのは面倒だな」

そう呟《つぶや》いた竜之介は、打ちかかって来た足軽の六尺棒を、ひょいと奪った。

そして、その六尺棒を風車のように回して、番士や足軽たちを次々に叩きのめす。

この騒ぎの最中に、例の女は、姿を消していた。

「この野郎、かかって来いっ」

お新も長脇差《ながどす》を抜いて、奮戦していた。

竜之介とお新を囲む番士や足軽たちは、一団となって闘《たたか》いながら、関所の中から西の門の外へ移動した。

門から出れば、街道の南側は断崖《だんがい》である。

「どうだ、こいつめっ」

お新が、足軽の六尺棒を打ち払った時、その背後から、番士が斬りかかった。

「危ないっ」

それを見た竜之介は、とっさに、六尺棒を投げつける。

「ぎゃっ」

番士は、顔面に六尺棒が命中して、のけぞった。

が、その隙《すき》に、一人の足軽が決死の覚悟で、竜之介にぶつかって来た。

先ほどまでの竜之介ならば、そんな体当たりなど、簡単にかわせただろう。

だが、お新の方に気を取られていたので、

「あっ」

まともに体当たりをくらった竜之介は、よろめいた。崖っ縁《ぷち》で足を滑《すべ》らせて、そこから落ちてしまう。

「竜之介様っ」

長脇差を放り出したお新は、崖っ縁に四《よ》ん這《ば》いになって、下を覗《のぞ》きこむ。

だが、崖の下は樹海であり、地面が見えない。

谷川の音も聞こえるが、竜之介がどうなったか、わからなかった。

「竜之介様、返事をしてようっ」

叫ぶお新の上から、番士や足軽たちが幾重《いくえ》にも襲いかかった。

多勢《たぜい》に無勢で、お新は、あっという間に縛《しば》り上げられる。

そして、お新は、伊丹軍太夫の前に連れて行かれた。

「こんな半端《はんぱ》な奴など、どうでもよい」

手柄《てがら》顔の番士たちを、軍太夫は怒鳴りつけた。

「せっかく嬲《なぶ》り者《もの》にしてやろうと思った女には、いつの間にか、逃げられるし……あの無礼《ぶれい》な浪人者を見つけて来い。たとえ、死骸《しがい》になっていても、ここへ運んで来るのだ。わしがこの手で、首を落としてやるっ」

「ははっ」

番士たちは足軽を連れて、あわてて、崖下に下りる道を探しに行く。

残されたお新は、足軽たちに、番士詰所の横の牢舎《ろうしゃ》に連れて行かれた。

縄を解《と》くと、荷物のように乱暴に、お新を牢屋に放りこむ。

「いててっ」

お新は、したたかに肩や背中を打ってしまった。

太い格子《こうし》の戸が閉められ、錠《じょう》が下ろされた。鍵《かぎ》がかけられる。

「おい。あの浪人の死骸《しがい》が見つかったら、お前も打ち首になるんだぞ」

「それまで、ここでおとなしく待ってろっ」

笑いながら、足軽たちは去った。

その牢には、格子《こうし》のはまった窓がある。

「出せ、馬鹿野郎っ」

お新は怒鳴りながら扉を揺すったが、それは頑丈《がんじょう》で、びくともしなかった。

力無くへたりこんだお新は、窓から外を見て、

「竜之介様……あんな崖から落ちて、大丈夫かなあ」

## 二

「いかんな、足首を痛めたようだ」

松平竜之介は右の足首を調べて、そう言った。

「申し訳ございません、わたくしのために……」

そう言ったのは、関所で羞《はず》かしい目に遭《あ》わされた女である。

二人がいるのは、谷川のそばの山小屋の中であった。すでに日が落ちて、外は暗くなっている。

——崖《がけ》の下の樹海に落ちた竜之介は、落下の衝撃を木の枝が吸収してくれたおかげで、命は助かった。

しかし、地面に激しく叩きつけられたために、すぐには起き上がることもできず、半《なか》ば気を失っていたのである。

その彼を、揺り起こす白い手があった。

「もし、しっかりなさいませ」

「むむ……」

竜之介が目を開いて、相手の顔を見る。

「お、そなたは先ほどの……」

例の女であった。だが、関所の番士たちよりも先に、この崖下までやって来たのだから、ただ者ではない。

「歩けますか。ここにいては危険です、さあ」

女は、竜之介に肩を貸した。呻《うめ》きながら、竜之介は立ち上がる。

そして、二人は、谷川の上流の方へ歩き出した。

番士たちが、竜之介の姿を見つけられなかったら、谷川に流されたと思って、下流を探すであろう……。

そして、地元の者が薪《たきぎ》を集める時に使う小屋に、二人は辿《たど》り着いたのである。

小屋の中には、鉤《かぎ》型の広い土間《どま》と板の間があった。板の間には囲炉裏《いろり》が切られて、自在鉤には鍋が掛かっている。

女は、竜之介に打身の丸薬を飲ませて、膏薬《こうやく》を塗った油紙を男の足首に貼った。

そして、その上から晒《さら》し布を巻く。明らかに、この女は、傷の手当てに慣れていた。

「これは秘伝の膏薬ですから、一晩で足首は治るはずです。打身の痛みも、さっきの丸薬で楽になると思いますが」

竜之介は、鍋で沸かした白湯《さゆ》を飲みながら、女を見て、

「そなた……町人の格好《かっこう》をしているが、武家の娘だな」

「――――」

女は、目を伏《ふ》せた。

「名を教えてくれ」

「……紗英《さえ》と申します」

ぽつり、と女は言った。

「紗英か、良い名だ」

竜之介は微笑して、

「そなたが町人を装《よそお》って関所を通ろうとしたのには、何か曰《いわ》くがありそうだ。良かったら、事情を聞かせてくれ」

「今は何もきかないでっ」

そう叫びながら、紗英は抱きついて来た。

「おっ」

竜之介は、囲炉裏の脇に仰向《あおむ》けに倒れる。

紗英は、彼に伸しかかるようにして、唇を重ねて来た。

三

深夜になった。

関所の牢舎《ろうしや》の中では、お新が膝をかかえるようにして、うつらうつらとしている。

すると、窓の外から、ががらという荷車の音が聞こえて来た。

「何だろう」

お新は、目を覚まして、

「もう、とっくに関所は閉まっているのに」

立ち上がると、窓から外を見る。

西の門から荷車が入って来て、面番所《めんばんしよ》の前に止まった。荷台には、藁束《わらたば》を積み上げてある。

深夜であるにもかかわらず、そこには、関所奉行の伊丹軍太夫と番士たちが立っていた。

荷車を曳《ひ》いて来た男が、軍太夫に無言で頭を下げた。そして、懐《ふところ》から割《わ》り符《ふ》を取り出す。

軍太夫も緊張した顔で、懐から割り符を取り出した。

二人の割り符は、ぴたりと合った。

「――――」

「よしよし」

軍太夫は、ほっとした顔になる。

男は、藁の山の中に手を突っこんだ。そして、中から備前焼の花生《はないけ》を取り出す。

「御奉行様、ほれ、この通り」

「うむ」軍太夫は頷《うなず》いた。

「しっかり儲《もう》けてくれよ、ふふふ」

男は、花生を藁束の奥へ戻すと、

「じゃあ、行くぞ」

荷台の後ろにいる二人の押し役に、声をかける。

そして、軍太夫に頭を下げてから、男は荷車を動かした。

軍太夫は、荷車が東の門から出て行くのを、満足げに見守る。

「何だ、あれは……夜中に花瓶《かびん》なんか眺めて喜んでるなんて、変な奴らだな」

お新は首を捻《ひね》った。

四

「ああ……どうして、こんなに凄《すご》いのっ」

翌日の早朝――山小屋の中で、紗英は女悦《にょえつ》の叫びを上げていた。

囲炉裏《いろり》の脇で、紗英は松平竜之介の膝の上に跨《また》がっている。つまり、対面座位だ。

二人は全裸で、紗英の紅《べに》色の花唇《かしん》を真下から巨砲が貫《つらぬ》いていた。

二つの乳房も、竜之介の分厚い胸に密着している。

「おいおい、紗英とやら」

竜之介は些《いささ》か、うんざりした口調で言った。

何しろ、屈曲位《くっきょくい》で交《まじ》わった昨夜の第一回戦から、今朝《けさ》までに、紗英と竜之介は五回も交わっているのだ。

相手が絶頂に達して失神したので、竜之介が眠りに入っていると、いつの間にか目を覚ました紗英が、男根を熱心にしゃぶっている――という具合であった。

「早朝から、こんな事をしている場合ではない。お新は、関所に捕《と》らわれているはずだ」

女体《にょたい》を突き上げながら、竜之介は言う。

鍛《きた》えた軀《からだ》らしく、紗英の肉襞《にくひだ》の締め具合は、まことに良好であった。

「そなたの膏薬《こうやく》のおかげで足首の痛みも引いたし、打ち身も楽になった。わしは、お新を助けにゆくぞ」

「で、でも……」

見事な臀《しり》を自《みずか》ら振って、紗英は悦《よ》がりながら、

「正面から関所に乗りこんだら、お新さんが危ない……あァァんっ」

固く目を閉じて、紗英は、さらなる快楽を追い求めていた。

「では、どうしろというのだ」

「これから、わたくしと一緒に…片上宿《かたかみ》へ……会わせたい人がおります……」

巨根を貪《むさぼ》ることをやめずに、紗英は言った。

「会わせたい人だと？」

「お願い、中途半端のままでは、気が触《ふ》れそう……最後まで、逝《い》かせてくださいなっ」

「よし、わかった。これで打ち止めだぞ」

竜之介は、怒濤《どとう》のように突き上げる。

「ひいァァ……っ！」

紗英は達した。花孔《かこう》の肉襞を痙攣《けいれん》させる。

竜之介は、昨夜から五度目とは信じられないほど、大量に吐精した。

奥の院に聖液の塊を叩きつけられて、紗英は、全身をわななかせる。

五

船坂峠を下って、十二町《ちょう》ほど先にあるのが、備前岡山の第一の宿駅である三石《みついし》だ。

三石宿からさらに西へ進んで、八木山《やきやま》峠を越えた先に、片上宿がある。

片上は、宿駅であると同時に、湊《みなと》町でもあった。

戸《こ》数は、西片上と東片上を合わせて、五百八十軒《けん》余。人口は、二千八百人ほどである。

つまり、東海道《とうかいどう》の戸《と》塚《つか》宿と同じくらいの規模の宿駅であった。

本陣・脇本陣は言うに及ばず、岡山藩の蔵屋敷も置かれている。

この蔵屋敷に年貢米《ねんぐ》を集めて、片上湊から船で、大坂《おおさか》や江戸《えど》へ運ぶのだ。

そして、片上宿から西へ進み、葛坂《くずさか》峠を越えると、伊部《いんべ》村がある。

伊部は、平安《へいあん》時代から窯業《ようぎょう》の盛《さか》んな土地であった。

ここで焼かれた陶器を伊部焼、または、備前焼と呼ぶ。

「備前焼は、我が岡山藩の名産品であり、藩の大事な収入源でもある。それゆえ、生産量から出荷数まで、全《すべ》て藩が管理をして値崩《ねくず》れが起きないようにしておるのだ」

岡山藩目付《めつけ》役・大沼又三郎《おおぬままたさぶろう》は、片上宿の通りを歩きながら、松平竜之介に説明する。

紗英が、竜之介に「会わせたい人」と言ったのは、この大沼のことであった。

「ところが最近、領内で秘密に作られた備前焼が、大坂や江戸で売られていることがわかった。つまり、抜荷一味がいるのだ」

瀬戸《せと》焼や有田《ありた》焼などに押されて、備前焼は売り上げが減少している。

そのため、彩色《さいしょく》備前や白《しろ》備前など手間《てま》のかかった芸術性の高いものを、生産するようになった。

密売されているのは、その高価な彩色備前や白備前だという。

「しかも、抜荷を取り締まるべき関所の役人が、一味に協力しているらしい」

「関所の役人が？」

蝦蟇《がま》に似た伊丹軍太夫の悪相《あくそう》を、松平竜之介は、思い出していた。

「我ら目付は、顔を知られている。だから、娘の紗英を町人に変装させ、関所に行かせたのだがな」

「……………」

大沼紗英は、申し訳なさそうに頭を下げる。

幼い時から武術の鍛錬《たんれん》をし、山の中を駆けまわるなどして軀《からだ》を鍛《きた》えた紗英は、女密偵として父親を助けているのだという。

「確かに、あの伊丹という関所奉行の所業《しょぎょう》は、ひどいものですな」

「松浦殿」大沼は声を低めて、

「そなたは腕も立つし、度胸もあると娘から聞いた。抜荷一味を捕《と》らえるのに、我らに協力してもらえまいか」

「協力というと」

「抜荷一味に顔を知られていないのを幸いに、奴らの仲間になってもらいたい。

我らは、抜荷が関所を通る現場を、押さえたいのだ」

「しかし、わしはお新を助けなければ……」

竜之介は、眉《まゆ》をひそめる。

「それだ」大沼は立ち止まった。

「そなたが一味に加われば、軍太夫たちの隙《すき》をついて、その娘を助け出すことが出来よう。どうだろうか」

「ふうむ……」

確かに、竜之介が関所に乗りこんでも、お新を人質にとられたら、手出しが出来ない。

関所は高い柵で囲まれているから、密《ひそ》かに侵入して、お新を助け出すのも難しそうであった。

「お願い申す。岡山藩の存亡に関《かか》わることゆえ、この通り」

大沼又三郎は腰を折って、深々と頭を下げた。娘の紗英も、一緒に頭を下げる。

六

その日の宵《よい》の口《くち》──片上宿の遊女屋〈万年《まんねん》〉の一室。

「どうだ、俺様の倅《せがれ》の味はっ」

遊女のお染《そめ》と激しく交《ま》じわっているのは、与太松《よたまつ》というごろつきであった。

妓《おんな》の方は、技巧的な悦声《よがりごえ》を発している。

と、いきなり、与太松の臀《しり》を蹴《け》っ飛した奴がいた。

「わっ」

与太松は、座敷の隅まで転がってしまう。

「な、何をしやがるっ」

脱いだ着物の下から匕首《あいくち》を摑《つか》みだした与太松だが、

「ひっ……………」

相手の顔を見て、震《ふる》え上がった。

そこにいたのは、顎髭《あごひげ》を伸ばして、頬《ほお》に凄《すご》い刀疵《かたなきず》のある浪人者なのだ。絣《かすり》模様の着流し姿で、悪いことなら何でもしそうな奴だ。

「おい、与太松」

刀疵浪人——実は松平竜之介は、凄んで見せる。

「聞くところによると、おめえらは、結構な荒稼《あらかせ》ぎをしてるそうじゃねえか」

竜之介は、柱に掛けてあった桃太郎《ももたろう》の面を弄《いじ》りながら、

「この松浦竜之介…じゃなかった、竜之進《たつのしん》様も一口《ひとくち》、乗せてもらうぜ。自慢じゃないが、用心棒稼業《かぎょう》ならお手のものだ」

「そんな無茶な」

「無茶だと。おめえ、笠《かさ》の台《だい》が素っ飛んでもいいのか」

竜之介は、大刀《だいとう》の柄《つか》に手をかける。無論、笠の台とは頭部のことだ。

「わ、わかった。わかりました。元締《もとじめ》に会わせるから、命だけはお助けを」

与太松は、平蜘蛛《ひらぐも》のように畳に這《は》いつくばった。

「素直な奴は出世するぜ」

にやりと嗤《わら》った竜之介は、隅で震《ふる》えている妓に、一分《ぶ》金を放ってやる。

「邪魔したな、姐《ねえ》さん。しっかり稼ぎな」

七

そこは、片上湊に近い屋敷の土蔵の前であった。

床几《しょうぎ》に座っているのは、平家蟹《へいけがに》のような顔をした初老の男だ。こいつが、抜荷一味の元締、岩右衛門《がんえもん》である。

その左右には、篝火《かかりび》が焚《た》かれている。

そして、岩右衛門の周囲には、ごろつきどもが立っていた。

松平竜之介を連れて来た与太松は、おどおどしながら、用心棒志願だと元締に告げた。

竜之介は無言で、岩右衛門たちを眺めている。

「用心棒だと？」

岩右衛門は、馬鹿にしきった顔であった。

「自分から売りこみに来るのに、碌《ろく》な奴はいねえ。てめえのような野良犬に、用はねえやっ」

それから、周りの手下どもに向かって、

「野郎ども、このド三一《サンピン》を叩き出せっ」

「おうっ」

ごろつきどもが、長脇差《ながどす》や匕首《あいくち》を引き抜こうとした時、竜之介は動いた。

居合《いあい》斬《ぎ》りの刃《やいば》が一閃《いっせん》する。

と、篝火の台が、縦一文字に真《ま》っ二《ぷた》つになった。

がしゃがしゃっと火のついた薪《たきぎ》が地面に落ちて、散らばる。火の粉《こ》が、周囲に
飛び散った。

「あっちっちっ」

ごろつきたちは跳《と》び退《さ》がって、自分の頭や着物を手で払った。

「すげえ……！」

抜く手が見えなかった与太松は、唖然《あぜん》とする。

「気に入ったっ」

岩右衛門も、態度を一変させて、

「その腕、三十両《りょう》で買おうじゃねえか」

「ふん……」

虚無的な嗤《わら》いを見せて、竜之介は、大刀《だいとう》を鞘《さや》に納める。

「いや、どうも近頃、藩の目付の探索がうるさくなってなあ。あんたのような凄腕《すごうで》の用心棒がいたら、こっちも安心だ。今夜から、よろしく頼むぜ」

「今夜？」

「うむ」岩右衛門は立ち上がった。

「これを見てくれ」

土蔵の扉を、岩右衛門は開いた。

中には、絵を描きこんだ彩色備前や白土の白備前などが、沢山《たくさん》ある。

「こいつをみんな、今夜、赤穂へ運ぶことにする」

「しかし、船坂峠の関所はどうするのだ。夜は門が閉まるし、ひどく警戒が厳重と聞くが」

竜之介は、わざと当惑した表情を作ってみせた。

「はっはっは、そいつは心配いらねえ」

岩右衛門は得意げに言う。

「何しろ、関所の役人は、俺たちの仲間だからな」

「ほほう……」

竜之介は目を細めた。

# 八

夜更《よふ》けの峠道を、月光に照らされて、岩右衛門を先頭に五台の荷車が上ってゆく。


荷台には、長持《ながもち》が積まれていた。その中身は、備前焼である。

その最後尾に、用心棒の松平竜之介と与太松も、ついていた。

船坂峠の関所の前まで来ると、すでに、西側の門は開いていた。

荷車の列は、関所の中へ入ってゆく。

出迎えたのは、関所奉行の伊丹軍太夫と番士、足軽たちだ。

岩右衛門は、軍太夫に頭を下げて、

「御奉行様。夜分、ご苦労様でございます」

「うむ」

軍太夫も会釈《えしやく》を返す。

「今夜は荷が多いな」

「それでございますよ」と岩右衛門。

「強い用心棒の先生が仲間になったので、一気に品物を運び出してしまおうと思いましてな」

「用心棒……？」

「そこに…あれ」

岩右衛門が振り向くと、竜之介の姿がない。

「どこへ行ったのだ、松浦竜之進先生は」

「岡山名物の備前焼――」

そう言いながら、牢舎《ろうしゃ》の蔭から出て来たのは、桃太郎の面で顔を隠した竜之介であった。

「その備前焼を喰《く》いものにする、峠の鬼どもめ。その鬼どもを、桃太郎に代わって、このわしが退治してくれよう」

「曲者《くせもの》っ」

番士の一人が、斬《き》りかかる。

竜之介は、右手の面を放り投げつつ、左手で鞘《さや》を押さえる。

そして、右手で大刀《だいとう》を引き抜くと、その番士を峰打ちで叩き伏《ふ》せる。ほとんど一挙動の早技であった。

竜之介の顔が、月光にさらされる。

「あっ、先生っ」

与太松が仰天《ぎょうてん》する。

「おめえさん、裏切りなすったのか」

岩右衛門は叫んだ。

すると、竜之介は頰《ほお》の刀疵《かたなきず》に手をかけて、

「裏切ったのではない」

作り物の刀疵と顎髭《あごひげ》を、さっと毟《むし》り取った。

「わしは、表返ったのだ」

にっこりと凜々《りり》しく笑う竜之介を見て、

「き、貴様は、昨日の狼藉者《ろうぜきもの》……」

伊丹軍太夫は目を剝《む》いた。

「斬れ、此奴《こやつ》を斬ってしまえっ」

番士たちは抜刀《ばっとう》し、ごろつきどもも匕首《あいくち》や長脇差《ながどす》を抜いた。そして、竜之介に向かって、殺到する。

だが、竜之介の大刀が閃《ひらめ》く度《たび》に、悪党どもは次々に地面に倒れ伏した。

「うう……強すぎる」

軍太夫は、たじたじとなった。

「御奉行様っ」と岩右衛門。

「今のうちに、私らだけで荷をっ」

「よ、よしっ」

部下や手下たちが闘《たたか》っているというのに、関所奉行と抜荷一味の元締は、二人だけで長持を積んだ荷車を動かす。

そして、東門から逃げようとした。

ところが、東門と西門から、どどっと捕方《とりかた》の群れが関所に駆けこんでくる。

「わしは目付の大沼だ！」

その指揮を執っているのは、大沼又三郎であった。

「一同、神妙に縛《ばく》につけっ」

「大沼か、控えよ。わしは関所奉行だぞ」

軍太夫が、最後の虚勢を張ると、

「この者も一味だ。遠慮せずに引っ捕《と》らえろっ」

大沼は命じた。

たちまち、悪党ども全員が、召《め》し捕らえられる。

「幕引きだな」

周囲を見まわしてから、竜之介は納刀《のうとう》した。

そこへ、大沼紗英が、お新を連れて来る。

「た、竜之介様ァっ」

お新は、竜之介に抱きついた。

先ほど、竜之介は牢舎の錠《じょう》を壊《こわ》して、お新の救出を紗英に任せたのであった。

「よしよし、無事で良かったな」

竜之介は、お新を優しく抱きしめてやる。

峠の鬼も退治して、桃太郎ならぬ松平竜之介が取り戻したのは、宝物よりも大切な愛《いと》しい妻なのである。

夜空の月も恥じらうほど熱々の二人を見て、

「――――」

紗英は、切《せつ》なげに溜息《ためいき》をつくのだった。

# 第四章　海女《あま》っ子《こ》淫情《いんじょう》

## 一

「竜之介《たつのすけ》様、あれを見てっ」

渡世人姿のお新《しん》が、松平《まつだいら》竜之介の袖《そで》を引っぱった。

場所は、安芸《あき》国沼田郡《ぬまたごおり》の広島《ひろしま》——浅野《あさの》家四十二万六千石《ごく》の城下町である。日本三景の一つ、厳島《いつくしま》神社のあるところだ。

山陽道《さんようどう》を東からやって来た竜之介たちは、猿猴《えんこう》川の手前にさしかかっていた。

「む……」

白昼——橋の中央で、貧《まず》しげな老爺《ろうや》が、二人の男と揉《も》めている。

一人は丸顔、もう一人は四角い顔立ちで、どう見ても、たちの悪いごろつきであった。

「財布を返してくれ。その金がないと、孫のお妙《たえ》が……」

老爺が、丸顔の奴の腕にしがみつくと、

「うるせえっ」

そいつは、老爺を荒々しく突き飛ばした。

「わっ」

橋の欄干《らんかん》を越えて、老爺は、猿猴川に転落してしまった。

「いかんっ」

すかさず、竜之介は大小を帯から抜いて、川に飛びこもうとする。

が、それよりも早く、着衣のまま川へ飛びこんだ人影があった。何と、若い娘だ。

「おおっ？」

竜之介は欄干から身を乗り出して、川面《かわも》を覗《のぞ》きこむ。お新や通行人たちも、川を覗きこんだ。

川面に、ぽかっと二つの頭が浮かぶ。

老爺と、飛びこんだ娘であった。

救助の心得があるらしく、娘は、老爺の背後から首に左腕をまわしている。

溺《おぼ》れている人間を正面から助けようとすると、無闇《むやみ》にしがみつかれて、一緒に溺れてしまうからだ。

「おお、やったぞっ」

「良かった、良かった」

通行人たちは、歓声を上げた。

「ううむ。女で水練《すいれん》が出来る者は少ないというのに、あの娘は見事な泳ぎだ」

竜之介は感心する。

が、はっと気がつくと、二人のごろつきの姿は、もう、どこにも見当たらなかった。

「逃げおったか……しまったな」

竜之介が顔をしかめていると、お新が、

「あ、河原に引き上げたよ。あの娘、凄《すご》いなあ」

いくら小柄《こがら》な老爺だといっても、着物が水に濡《ぬ》れて重くなっているのに、一人で河原に引き上げたのだから、その娘の体力と腕力は大したものであった。

竜之介とお新も、その河原に下りる。野次馬《やじうま》たちも、ぞろぞろとついて来た。

草の上に仰向《あおむ》けに寝かされた老爺と娘の周囲を、竜之介たちが半円形に囲むと、

「ちょっと、通しておくれ。わしは医者じゃ」

人垣の後ろから、進み出た者があった。

剃髪《ていはつ》した四十がらみの医者である。

「どれ——」

老爺の脇に膝をついて、その医者は診察を始めた。

頼まれもしないのに、川に落ちた貧乏な老爺を診《み》ようというのだから、実直《じっちょく》な人柄《ひとがら》なのだろう。

その診察の様子を見守っている娘は、浅黒い肌をしていた。

年齢は十八、九だろう。髪は磯髷《いそまげ》で、裾短《すそみじか》な袖《そで》無し半纏《はんてん》を着ている。

半纏の下で、胸乳《むなぢ》には赤い布を巻いていた。

しゃがみこんでいるので、そのぷりぷりと発達した臀《しり》の双丘《そうきゅう》が、半纏の裾からはみ出している。

三角形の小さな布を局部にあてがい、三本の紐《ひも》で腰に結んでいた。漁村の女たちが付ける、素腰《すこし》という下着であった。

「これで軀《からだ》を拭《ふ》きなよ」

お新が真新しい手拭《てぬぐ》いを渡すと、「兄さん、有難う」と娘は礼を言った。それで、手早く軀を拭う。

「いかんなあ」医者は難しい顔になった。

「水は飲んでいないが、ずいぶんと、心の臓が弱っている」

「か、金……」

老爺が、譫言《うわごと》を洩《も》らした。

「あれを持って帰らねえと、孫娘が売られてしまう……」

「何やら、差し迫った事情がありそうだ」

竜之介は言った。

「お新。この老人を近くの旅籠《はたご》に運んで、休ませてやれ。濡れた着物を着たままでは、心の臓に悪かろう」

「竜之介様は？」

「わしは、さっきのごろつきどもを追う。この老人の金を、取りかえすためにな」

それを聞いた医者──塚田了庵《つかだりようあん》は、嬉しそうな顔になった。

「お侍様は、奇特な御方《おかた》ですな」

「なんの」竜之介は、首を横に振る。

「石ころだらけの河原に膝をついて、見も知らぬ老爺を真摯《しんし》に診察をされた先生には、とても及ばぬ。それが、本当の仁術《じんじゅつ》ですな」

「ははは。では、誉《ほ》められたからではないが、旅籠まで、わしもついていこう」

了庵は、機嫌《きげん》良く立ち上がる。

「ねえ、ご浪人さんっ」

手拭いをお新に返した娘が、竜之介に言った。

「あたいも、あいつらを探すの、手伝うよ。あたい、八木《やぎ》村の海女《あま》で流那《るな》っていうんだ」

「そなたは海女であったか」

竜之介は、改めて流那という女を見つめて、

「なるほど、それで泳ぎが達者だったのだな。わしは松平…いや、松浦《まつうら》竜之介だ。よろしく頼むぞ」

「おう、まかしときっ」

流那は、ぽんっと赤い布を巻いた胸を叩いた。

海女とは、素潜《すもぐ》りで鮑《あわび》や牡蠣《かき》、真珠《しんじゅ》貝、天草《てんぐさ》などを採る女性のことである。

元々は〈海士〉〈海人〉と表記して、男のアマもいた。

だが、女の方が男よりも皮下脂肪が厚くて冷たい水温に耐えられるし、息も長

く続く――などの理由で、次第に女のアマの方が多くなったのである。

志摩《しま》や伊豆《いず》、伊勢《いせ》、上総《かずさ》など黒潮の流れる太平洋側の海女が有名だが、日本海側の因幡《いなば》国の青谷《あおや》でも、十六世紀末から海女が活躍していたという。

瀬戸内海《せとないかい》に海女がいても、不思議はない。

「ところで――誰か、さっきのごろつきどもの素性《すじよう》を知っている者は、おらぬか」

竜之介は、周囲の野次馬たちを見まわす。

「ご浪人様。あいつら、きっと、頑太《がんた》の乾分《こぶん》ですよ」

野次馬の中にいた海苔《のり》売りの若い男が、言った。

「頑太？」

「ええ。手のつけられない乱暴者で、悪党どもからは、出刃《でば》投げ頑太と呼ばれていますそうで」

二

びゅっと飛んだ出刃包丁が、丸顔のごろつきの鼻先をかすめた。

そして、がっと柱に突き刺さる。

包丁の先端に背中の真ん中を貫《つらぬ》かれて、大きな油虫《ごきぶり》が柱に縫《ぬ》いつけられた。

油虫は往生際《おうじょうぎわ》が悪く、じたばたと足を動かしている。

「ひえっ」

一拍《いっぱく》遅れて、丸顔の奴が腰を抜かした。

そこは、広島城の南——紙屋《かみや》町にある大きな荒《あば》ら屋《や》だ。

八畳間《じょうま》の染みだらけの壁によりかかって、酒を飲んでいるのが、兄貴分の頑太。

そばの破れ畳に、二本の出刃包丁が突き刺してある。

猿猴橋で老爺《ろうや》から財布を奪った二人のごろつきが、その対面にいた。

「何だ、この財布は」

頑太は、老爺の財布を畳の上に放る。

「中身は、十両《りょう》ぽっちじゃねえか。もっと稼《かせ》いでこいっ」

「頑太兄ィ、俺たちも一生懸命悪いことをしてるんだけど……最近は不景気で
……」

四角い顔のごろつきが、おそるおそる弁解した。

「ああん?」

頑太は、しかめ面《つら》になって、

「おめえらのような半《はん》ちく野郎が、この広島で、でかい面して歩けるのは、誰のおかげだ。この出刃投げ頑太様が、睨《にら》みをきかしてるからだろうが」

「へえ……」

「その通りで……」

丸と四角の二人組は、気弱な表情で相槌《あいづち》を打つ。その時、

「――なるほど」

座敷の入口に、いつの間にか立っていたのは、正義の若殿浪人・松平竜之介である。

「やはり、その方が悪の元締《もとじめ》であったか」

竜之介の背後には、海女《あま》っ子《こ》の流那もいた。

「うっ」

「てめえらはっ」

ごろつきたちは、狼狽《うろた》える。

竜之介は、ゆっくりと八畳間へ踏みこみながら、

「あの老人から奪った金は、それだな。返して貰《もら》うぞ」

「あわわわ……」

丸と四角の二人は器用なことに、臀《しり》で後ずさりをする。

頑太は、じろりと竜之介を睨んで、

「返せねえなあ。一度、俺の手に入ったものは、俺の物だ」

「金銭は、額《ひたい》に汗して働いて得るものであろう。そなたも真面目《まじめ》に働くがよい」

「うるせえっ、ド三一《サンピン》！」

頑太は、いきなり、出刃を投げつける。

竜之介は腰をひねりながら、抜刀《ばっとう》せずに、大刀《だいとう》の柄頭《つかがしら》で出刃包丁を弾《はじ》き飛ばした。

「ちっ」

すかさず、頑太は、二本目の出刃を投げる。

竜之介は素早く、柱に突き刺さっていたさっきの出刃を抜いて、投げつけた。

何と、出刃と出刃の先端が空中で衝突する。

双方の刃先が割れ砕《くだ》けて、二本の出刃は畳の上に落ちた。

「ひえっ」

悲鳴を上げながらも、四角い顔の奴が、老爺の財布を拾い上げた。

そして、丸顔の奴と一緒に、裏庭へと逃げ出す。

「くそ、捻《ひね》り潰《つぶ》してやるっ」

頑太は両腕を広げて、竜之介に、つかみかかった。

が、竜之介は、片腕で投げ飛ばす。

「ぐわァっ」

薄い壁を突き破って、頑太は、隣の部屋に飛びこんだ。気絶《きぜつ》したらしく、動かなくなる。

「お」

振り向くと、流那の姿がなかった。ごろつきどもを追っていったのに違いない。

「いくら泳ぎが達者な海女でも、ごろつきを二人も相手にするのは、ちと無謀《むぼう》だろう」

竜之介は、大刀の下緒《さげお》で頑太を後ろ手に縛《しば》り上げると、すぐさま、流那のあとを追った。

三

紙屋町の南側に、広島湾に向かって一直線に伸びる堀割がある。

丸と四角の二人組が、その堀割の前まで逃げて来ると、

「ええいっ」

追って来た流那が、二人に体当たりをした。

「うわっ」

「あっ」

三人とも、そのまま堀割に落ちてしまう。派手に水飛沫《みずしぶき》が上がった。

そこへ、竜之介がやって来る。

「流那、大丈夫かっ」

堀の水面《みなも》を見ると、丸顔のごろつきは、必死に水面を叩いていた。

「助けてくれぇ、俺は泳げねえんだっ」

と、丸顔の頭が、急に水中に沈んだ。

「む……そうか、流那の仕業《しわざ》だな」

河童《かっぱ》のように水中に引きこんで、ごろつきを失神させようというのだろう。

その間に、少しは心得があるらしい四角い奴が、南の橋の方へ不器用に泳いでゆく。

「よしっ」

二刀を帯から抜いて、手早く着物を脱いだ竜之介は、

「わしも加勢するぞっ」

堀割に飛びこんだ。

抜手《ぬきて》を切って、竜之介は、逃げる四角い奴に追いついた。

背後から、そいつの首に右腕をまわすと、水中に引きずりこむ。

そいつは藻掻《もが》いたが、着衣のままなので、手足が自由にならない。

この時代——女で泳げる者が少なかったが、その理由は水着が存在しなかったからである。

そして、女が自殺する時の手段として第一だったのが、入水《じゅすい》であった。

着物や帯は水の中では極端に重くなり、手や足にまとわりつく。

ただでさえ泳げない者が、無我夢中で手足を動かすことも出来なくなるのだから、ほぼ間違いなく溺死《できし》するわけだ。

多少は泳ぎの出来る男であっても、着物を着て川に落ちると、その泳ぎにくさに恐慌《きょうこう》状態に陥《おちい》って、死ぬ確率が高くなる……。

四角い顔の奴が大人しくなったので、竜之介は浮かび上がった。ごろつきは、失神している。

「やったね、ご浪人さんっ」

これも意識のない丸顔を引っぱりながら、流那が泳ぎ寄って来た。

二人は、近くの橋の橋脚《きようきやく》に、帯を使って二人のごろつきを縛《しば》りつける。

無論、四角い奴の懐《ふところ》から、老爺の財布を取り戻した。

「さあ、わしらは、向こうの船着き場から上がろうか」

竜之介は立ち泳ぎをしながら、流那に言う。

「いくら温暖な瀬戸内といっても、秋の水は冷たいな」

「待って」

流那は、竜之介の首に両腕を絡《から》ませた。その瞳は、欲情に潤《うる》んでいる。

「冷たいから、あたいのお腹《なか》の中からあっためてぇ」

「よしよし。悪党退治のご褒美《ほうび》だ」

竜之介は、娘の口を吸った。舌と舌を絡《から》ませながら、流那の素腰《すこし》を剝《は》ぎ取る。

そして、下帯《したおび》の脇から、肉根を摑《つか》み出した。

流那が、剝《む》き出しの秘処《ひめどころ》を、その肉根に擦《す》り寄せる。

その感触からして、流那のその部分は無毛のようだ。

水中で、竜之介の男根は雄々《おお》しくそそり立った。

十八娘の無毛の亀裂《きれつ》に、竜之介は長大な巨根を、ずぶりと突入させる。

「あァあ……っ」

流那は仰《の》けぞった。そして、両腕と両足を童児のように竜之介の軀《からだ》に絡めて、しがみつく。

竜之介は、流那の背中を橋脚に押しつけた。そして、橋脚の横木を両手で摑むと、力強く腰を使う。

「す、凄《すご》いっ」

流那は、喜悦《きえつ》の悲鳴《ひめい》を上げる。

「火のついた薪《たきぎ》で、お腹の中を掻《か》きまわされてるみたい……こんなの初めてだよっ」

「うむ……そなたの女壺《にょつぼ》も素晴らしい味わいだ」

「嬉しい……あたいのお婆《ばあ》も、そこの具合が良かったんだってさ」

自分から腰を蠢《うごめ》かして喘《あえ》ぎながら、流那は言う。

「お婆も、志摩の海女だったんだ……それが、伊勢参りに来たお爺《じい》と仲良くなってね。あんまり軀の相性《あいしょう》が良いんで……んあっ……駆け落ち同然に、八木村に連れ帰ったんだってさ」

その祖母の血が孫に遺伝したのか、流那は小さい時から水を怖れず、寒さにも強くて、素潜《すもぐ》りが得意になったのだそうだ。ついでに、女壺の構造まで遺伝したのであろうか。

「なるほど、海女の血筋か。では、そなたを双孔責《ふたあなぜ》めで極楽《ごくらく》へ連れて行ってやろう」

竜之介は、右手で海女の臀を撫《な》でまわし、その割目の奥に指を入れた。

そして、窄《すぼ》まっている臀孔に中指の先を挿入する。

「ひァっ」

生まれて初めての行為だったらしく、流那は驚く。

竜之介は、さらに臀孔の奥まで中指を侵入させると、逞《たくま》しく責めまくった。

これが、女門と後門の双孔責めである。

「だ、駄目《だめ》っ、こんなの……あたい……死んじゃうぅぅっ」

狂乱状態に陥《おちい》った流那は、背中を弓なりにして絶頂に達する。

刺激された時の磯巾着《いそぎんちゃく》のように、十八歳の肉襞《にくひだ》が、きゅーっと巨根を締めつけた。

同時に、竜之介も、若々しい女壺の奥に、濃厚な聖液を勢いよく吐出するのだった。

四

その日の夕方――旅籠《はたご》〈富士屋《ふじや》〉の一室に、老爺《ろうや》は寝かされていた。名は、左平《さへい》という。

枕元には、松平竜之介と海女《あま》っ子《こ》の流那が取り戻した財布と金が置かれていた。そして、竜之介とお新、流那、塚田了庵が、心配そうに左平を見ていた。

「伊予《いよ》の月岡《つきおか》村に……おらの孫娘のお妙が……」

弱々しい声で、左平は語る。その肌からは、血の気が失《う》せていた。

「この十両《りょう》を届けてやらねえと、お妙は女衒《ぜげん》に売られてしまいますだ……どうか、お妙に…この金を……」

そこで、声が途絶《とだ》えた。左平は絶命したのである。

了庵が、脈が止まっているのを確認してから、

「広島にいる親戚《しんせき》たちに金を借りに来たのだそうだが、無理をしたのだろうな。積み重なった疲労と川に落ちたことで、心の臓が駄目《だめ》になったのだ。助けられず

に、残念なことをしたよ」

「気の毒に――」

竜之介たちは両手を合わせて、左平の遺骸《いがい》に頭《こうべ》を垂《た》れた。

「ねえ、竜之介様……」

顔を上げたお新が、何事か言いかけると、

「うむ、袖振《そでふ》り合うも多生《たしょう》の縁《えん》と申す」

竜之介も目を開いて、言った。

十一代将軍家斎《いえなり》から直々《じきじき》に、風魔《ふうま》一族討伐《とうばつ》の命を受けている松平竜之介であった。

そのために、風魔乱四郎を追って、お新と山陽道を旅しているのだ。

だが――密命遂行《すいこう》のためとはいえ、不幸な老人の今わの際《きわ》の頼みを無視して、天下の政事が成り立つであろうか。

いや、それ以前に、竜之介の武士道が、左平の孫娘を見捨てることを許さない。

「この金は、お妙に届けてやらずばなるまい」

松平竜之介は、決意した。

「行くか、四国《しこく》へ！」

# 第五章　欲望の浜

## 一

伊予国《いよのくに》の三津浜《みつはま》は、松山藩松平《まつやま まつだいら》家十五万石《ごく》の城下町の外港である。

船奉行所と町奉行所が置かれて、参勤交代で藩主が乗る御用船の御船場であった。

元禄《げんろく》年間には、長さ七十間《けん》——百二十六メートルの石積みの波止《なみどめ》が作られている。

三津浜町には、瀬戸内《せとうち》でも指折りの規模の魚市場が開かれ、商業地として大いに栄えていた。湊《みなと》には、本州《ほんしゅう》からの客船も出入りする。

その日の午後——広島《ひろしま》からの渡海船に乗った松平竜之介《たつのすけ》とお新《しん》は、三津浜港に到着した。

「これは、思いの他の賑《にぎ》わいだな」

艀船《はしけぶね》から陸に上がった竜之介は、湊町の喧噪《けんそう》に驚いたようであった。だが、すぐに表情を引き締めて、

「左平《さへい》から預《あず》かった十両《りょう》を、早く孫娘のお妙《たえ》に届けてやらねば」

客死した左平は近所の寺に埋葬《まいそう》してもらったので、竜之介は、老爺《ろうや》の遺髪《いはつ》を懐《ふところ》に入れている。

「お妙さんがいるのは、月岡村《つきおか》村と言ってたよね」

お新は、通りがかりの行商人に、道を訊《き》いてみた。月岡村までは、一里《り》半ほどだという。

二人は、海沿いの道を西へ進んだ。

そして、一刻《いっとき》ほどで、人家の散らばる浜辺に辿《たど》り着いたのだが、

「ふうむ……」

竜之介は、眉《まゆ》をひそめた。

そこは、人の姿がほとんどない、寂《さび》れた漁村であった。

太った中年女が、浜辺に座りこんで網を繕《つくろ》っている。

その女は、近づいて来る竜之介たちを見て、怯《おび》えた表情になった。

「おばさん。ちょっと訊くけど、左平さんの家はどこだい」

　お新が話しかけると、その中年女は、探るような目つきで、

「お、お前様方《がた》は……？」

「広島で、左平の最期を看取《みと》った者だ」

　竜之介は静かに言う。

「えっ」女は仰天《ぎょうてん》したようであった。

「さ、左平爺《じい》さんが死んだですか……」

「うむ、気の毒であった」と竜之介。

「わしたちは、左平の遺髪と遺品を、孫娘のお妙に渡しに来たのだがな」

　竜之介が、十両の金とは言わずに遺品と言ったのは、この女と左平の関係がわからないので、用心してのことである。

「それは、わざわざ、ご苦労様で……」

　立ち上がった中年女は、砂を払って、丁寧《ていねい》に頭を下げた。女は、お竹《たけ》という名だという。

「それが、お侍様。お妙ちゃんは、もういねえですだよ」

　お竹は困った表情で、

「昨日、いきなり、黒兵衛《くろべえ》一家の奴らがやって来ましてね。あ、黒兵衛というのは、金貸しもやってるやくざですが――いつの間にか、左平さんの十両の借金証文《しょうもん》が、五十両になってたんですよ」

「そんな馬鹿なっ」

お新は目を剝《む》いた。

「それで、五十両の形《かた》にと、黒兵衛の乾分《こぶん》たちが、お妙ちゃんとお晴《はる》ちゃんを連れて行っちまった。可哀相《かわいそう》だったが、あたしらには、どうすることも出来なくて」

お竹が竜之介たちを見て怯えたのは、黒兵衛に雇《やと》われた者と勘違いしたからだろう。

「むむ……」

竜之介の目が、怒りに燃える。

「その者の住居《すまい》は、どこかっ」

二

松山の城下町の外廻《そとまわり》町に、黒兵衛一家の家はあった。

夕陽《ゆうひ》を浴びる入口の障子戸《しょうじど》には、丸に黒の字が書かれている。

そこから出て来た乾分《こぶん》を、松平竜之介は、ものも言わずに殴りつけた。

「げはっ」

そいつは、何が何だかわからないうちに、障子戸と一緒に土間《どま》に叩きつけられる。そのまま、気絶してしまったようだ。

「どうした、安公《やすこう》」

奥から顔を出した奴の襟首《えりくび》を掴《つか》むと、竜之介は、投げ飛ばした。

「うわあっ」

そいつは襖《ふすま》を突き破って、隣の座敷へ転げこむ。

その座敷には、肌襦袢《はだじゅばん》一枚の娘が、縛《しば》られていた。派手な美貌《びぼう》ではないが、清らかな面差《おもざ》しである。

肌襦袢の裾前《すそまえ》や襟元《えりもと》が乱れて、内腿《うちもも》や乳房が見えかけていた。

「お侍様は……？」

娘は唖然《あぜん》として、竜之介を見上げた。

「わしは松平…いや、松浦《まつうら》竜之介という浪人者。事情は、月岡村のお竹に聞いた。助けに参ったぞ」

竜之介はしゃがみこんで、娘の縛《いまし》めを解《ほど》いてやる。

「竜之介様。他には誰もいないようだよ」

裏口から入ってきたお新が、報告した。勇《いさ》ましいことに、棍棒《こんぼう》を手にしている。

「そなた、名は」

「は、晴でございます」

娘は頭を下げた。

「月岡村のお晴か。もう一人のお妙は、どうした」

「ああっ」

お晴は、竜之介にしがみつく。

本当に助かった――と実感して、急に感情が破裂《はれつ》したのだろう。

「お妙ちゃんは……黒兵衛親分に、売り飛ばされてしまいました」

涙ぐみながら、そう言った。

「何、売り飛ばしただとっ」

それを聞いたお新は、

「おい、こらっ」

打ちどころが悪かったのか、転がったままの乾分の胸倉《むなぐら》をつかんで、棍棒の先を突きつけた。

「左平爺《じい》さんの十両《りょう》の借用証文《しょうもん》の期限には、まだ五日もあるはずだろうっ」

「へ、へい」

久八《きゅうはち》という名の乾分は、びくびくして口ごもりながら、

「でも……どうせ、あんな爺ィに金が出来るわけねえからって、親分が娘を女衒《ぜげん》に売り飛ばしたそうで……」

「その女衒野郎は、どこにいるんだよ」

「さあ」首を捻《ひね》る久八だ。

「親分が直《じか》に娘を売り飛ばしたんで、あっしは知りません。安公も、知らないと思います」

「嘘つきは、これだぞっ」

お新は、棍棒を振り上げる。

「本当ですよ、嘘じゃありませんっ」

久八は悲鳴《ひめい》を上げた。

「では、黒兵衛はどこだ」

竜之介は、ゆっくりとお晴を引きはがしながら、訊《き》いた。

「親分や代貸《だいがし》たちは先代の法要《ほうよう》で、朝から道後《どうご》温泉の方へ行ってます。あっしらは下《した》っ端《ぱ》だから、留守番で……親分たちは、明日の朝には戻るはずですが」

「よし」

座敷に落ちていた法被《はっぴ》を、竜之介は、お晴の肩にかけてやった。今は、この娘を月岡村に送り届けねばならない。

「わしは明日、また参る。黒兵衛に、そう申しておけ」

三

その夜――月岡村の左平老人の家で、松平竜之介とお新は、お竹が作ってくれた夕餉《ゆうげ》を摂《と》っていた。

囲炉裏《いろり》の前に竜之介が座り、お晴の酌《しゃく》で地酒を飲んでいる。その脇で、お新は、丼飯《どんぶりめし》をかっこんでいた。

「元はといえば、一年前の大嵐の時、漁に出ていた男衆がみんな遭難《そうなん》しましてね……」

竜之介の向かい側に座ったお竹が、語り出した。村の他の女たちも、隣の座敷に控えている。

「それで、この村は、ほとんど女ばかりになっちまいました。だから、残った女たちで漁をする船を買うために、左平爺《じい》さんが黒兵衛親分から金を借りたですよ。お妙ちゃんの軀《からだ》を形《かた》に、一年間で元利十両《りょう》を」

その金で、中古の漁船を買ったのだという。

「なるほど」

湯呑みの地酒を飲んで、竜之介は頷《うなず》いた。

だが、慣れぬ女衆だけの漁では、この村の者が喰《く》っていくだけの量しか、獲《と》れない。

獲物《えもの》を売って借金の返済のための十両を貯《た》めることは、出来なかったのである。

「だから、左平爺さんは、広島の親戚《しんせき》に金借りに行ったんだね」

空《から》になった丼を置いて、お新が言う。

「だけど、借金の形になっているのは、お妙さんだけだろう。どうして、お晴さんまで連れて行ったのかな」

「黒兵衛親分が……」お晴が言った。

「こんな貧乏村にいるよりは、うちで女中奉公《ぼうこう》すれば給金をやるから――と言って、あたしは、無理矢理に連れて行かれたんです」

ところが、家に着いたら、黒兵衛に、俺の妾《めかけ》になれ――と口説かれた。

「白粉《おしろい》くさい玄人《くろうと》は、飽《あ》き飽きしてな。たまには、お前のような男識《し》らずの素人《しろうと》を可愛がるのも、面白いだろう」

驚いたお晴が断ると、怒った黒兵衛に縛《しば》り上げられた――というわけだ。

「それから、親分は、左平爺さんの借金証文の金額を五十両に勝手に書き換えたのは、お妙さんだけじゃなく、この村の若い娘をみんな売り飛ばしてやるためだ――と笑ってました。村で漁をする船を買うための金だから、みんなに責任があると言って」

「とんでもない悪党だなっ」

お新は、さらに憤慨《ふんがい》する。

「わかった」竜之介は湯呑みを置いて、

「黒兵衛とは、わしが明日、しっかりと話をつけてやる。二度とこの村の者には手を出さないようにしてやるから、みんな、安心するがいい」

「ありがとうございますっ」

「ありがとうごぜえます」

女たちは喜んで、頭を下げた。

そして、お晴は、凛々《りり》しい若殿の横顔を熱っぽく見つめている。

四

「むにゃ、むにゃ……もう飲めないよ」

深夜――左平の家で、船旅の疲れと地酒の酔いのために、お新は軽い鼾《いびき》をかいて、熟睡していた。

苦笑した松平竜之介は、草臥《くたび》れた夜具《やぐ》を隣の座敷に移す。

すると、入口の方からそっと入って来た人影があった。寝間着《ねまき》姿のお晴であった。

竜之介は、驚きもせずに、

「お晴か。どうした、眠れんのか」

「あの、あたし……」

口ごもったお晴は、竜之介の広い胸に縋《すが》りついた。

「お礼を……助けていただいたお礼を、させてくださいまし」

「しかし、そなたは生娘《きむすめ》だろう」

優しく娘の背中を撫《な》でながら、竜之介は言う。

「お侍様に助けていただかなかったら、あたしの軀《からだ》は、黒兵衛親分に玩具《おもちゃ》にされていました。だから……」

「ふうむ」

「それに、あたし……」

お晴は、羞《はず》かしそうに言った。

「一目《ひとめ》見ただけで、お侍様が……好きになってしまったです」

「嬉しいことを言ってくれる」

竜之介は、お晴の顔を上向かせると、接吻《せっぷん》してやる。

「………」

十八歳の処女は目を閉じて、男の舌が自分の口の中を愛撫《あいぶ》するのに任せていた。

それから、不器用に舌を絡《から》めて来る。

竜之介は、お晴の舌を吸ってやった。絡み合う舌が、互いの口の中を行き来する。

その間に、竜之介の右手は、娘の胸を寝間着の上から摑《つか》んでいる。

お晴は瘦《や》せ形で、胸乳《むなぢ》も小さめであった。

寝間着越しに、その乳房をまさぐると、お晴は甘い喘《あえ》ぎ声を洩《も》らした。

興奮して息が苦しくなったお晴は、唇を外《はず》す。そして、目の縁《ふち》を赤く染めながら、

「見せて……見せてください」

「何を見たいのだ」

微笑して、竜之介は訊《き》く。

「意地悪ね、わかってるくせに……」

お晴は、竜之介の胸を拳《こぶし》で打つ真似《まね》をする。

「お侍様のあれです、男のあれ」

「これのことか」

竜之介は胡座《あぐら》をかいて、肌襦袢《はだじゅばん》の前を開く。そして、下帯《したおび》の脇から男根を摑み出した。

「巨《おお》きい……」

真っ赤になりながらも、お晴は、その肉根をまじまじと見つめる。

まだ柔《やわ》らかい休止状態なのに、竜之介の道具は、普通の男性の勃起時と同じく

らいの体積があるのだ。

「あの……触《さわ》ってもいいですか」

「好きにするがよい」

「はい……」

お晴が屈《かが》みこんで、両手で男根に触《ふ》れる。指先で突いて、そっと握った。

「やっぱり、柔らかいですね」

不思議そうに、お晴は言う。

「村の男衆が裸で、ぶらぶらさせて歩いているのも見たことあるけど……こんなに柔らかくて、女の大事なところに入るんですか」

まことに大らかで、処女特有の素朴《そぼく》な疑問であった。

「それは、まだ用意ができていないのだ」

相手の無知を笑ったりせず、竜之介は優しく教えてやる。

「どうしたら、用意ができるですか」

「そなたが舐《な》めたり、しゃぶったりしてくれたら、用意できるのだ」

「ええと……はい。舐めて、しゃぶります」

迷いながらも、お晴は頷《うなず》く。そして、竜之介の股間《こかん》に顔を伏《ふ》せた。

両手で男根を捧《ささ》げ持つようにして、その茎部《けいぶ》を舌先で、ぺろりと舐める。その行為で、吹っ切れたようであった。大胆に、先端を咥《くわ》える。もごもごと口の中で舌を動かして、お晴は、肉根を刺激した。十八歳の清らかな容貌《ようぼう》の処女が、決して上手ではないが、愛情をこめて吸茎する様子を、竜之介は見下ろす。

彼の道具は、次第に硬く膨張《ぼうちょう》してきた。

「あら……」

口を外すと、お晴は半勃《はんだ》ちの男根を見つめ、驚きの表情になる。

「さっきより、大きくなった。それに、中に芯《しん》が通ったみたい」

「そなたが、舐めしゃぶってくれたからだ」

「本当ですか、嬉しい」

お晴は無邪気《むじゃき》に喜んだ

「あたし、もっと御奉仕《ごほうし》します」

再び、竜之介の股間に顔を埋《うず》める。

両手で茎部を握り、先端を咥えると、頭を上下に動かす。

町中の女と違って、漁村の女たちは複雑な髷《まげ》など結《ゆ》っていなかった。

お晴も、束《たば》ねた垂髪《すいはつ》を輪にして元結で結び、背中に垂らしている。戦国時代からある〈玉結《たまむす》び〉という髪型であった。

竜之介は、口唇《こうしん》奉仕を続けるお晴の頭を撫でてやる。

それが励《はげ》みになったらしく、お晴は、さらに丁寧《ていねい》に肉の柱をしゃぶる。

ついに、竜之介の道具が、その偉容を露《あら》わにした。

生娘の唾液《だえき》で濡《ぬ》れて黒光りする巨根が、天を指して屹立《きつりつ》する。

長さも太さも、普通のそれの倍以上もある特大級であった。

しかも、玉冠部《ぎょっかんぶ》の鰓《えら》が張り出している。いわゆる〈雁高《かりだか》〉であった。

「こんな巨きくなるなんて……」

お晴は、哀《かな》しそうな顔つきになった。

「これじゃ、お侍様に、女にしてもらえんですね……巨きすぎて、あたしのあそこに入らないもの」

「案ずるな。これでも、そなたと一つになれるのだ。女の軀は、そのように出来ている。出来るだけ、痛くないようにしてやろう」

「でも……」

「わしの言うことが、信じられぬか」

それを聞いて、お晴は、考え直したようである。

「そうですね。黒兵衛親分に手籠《てごめ》にされるはずだったんだもの……」

お晴は、毅然《きぜん》とした表情になる。

「お侍様にならい、突き殺されてもいいです。女にしてください」

「よしよし」

竜之介は、お晴の頰《ほお》を両手で挟《はさ》んで、再び、唇を重ねた。

今度は、お晴の方から舌先を差し入れて来る。

夫婦蝶《めおとちよう》が舞うように、舌と舌を絡ませ合いながら、竜之介の右手は、寝間着の裾前《すそまえ》を割った。

下裳《したも》の中に手を入れて、太腿《ふともも》の内側を撫で上げ、その付け根に達する。

柔らかな繊毛《せんもう》に飾られた亀裂《きれつ》は、すでに濡れそぼっていた。その亀裂を、指先でなぞる。

「あぁあ……」

お晴は唇を離して、甘い呻《うめ》きを発した。

その軀を仰向《あおむ》けに横たえて、竜之介は、寝間着を開いた。下裳も、取り去る。

十八娘の裸体を、剝《む》き出しにした。

小さいふくらみの乳輪は、淡い梅色をしていた。

恥毛《ちもう》は亀裂に沿って、帯状に生《は》えていた。

亀裂は緋色《ひいろ》で、一対の花弁《かべん》が少しだけ頭を出している。

竜之介は、お晴の下腹部に顔を寄せて、その花園に唇を寄せた。

「あ、駄目《だめ》ですっ」

お晴が、あわてて言う。

「女のそこは、汚いところですから」

「そなたの軀に汚いところなど、あるものか」

竜之介は微笑《ほほえ》んだ。

「それに、わしのものを、そなたは舐めてくれただろう。これで、あいこだ」

そう言って、竜之介は処女の亀裂に接吻する。そして、舌で愛撫した。

「あ、はああァ……んっ」

生まれて初めて女性器を舐められる快楽に、お晴は酔った。無意識のうちに、顔を左右に振る。

生娘の花園の奥から、こんこんと透明な愛汁《あいじゅう》が滲《にじ》み出して来た。

竜之介は、わざと音を立てて、それを啜《すす》りこむ。

「ひ、やァあああっ」

聴覚への刺激を伴《ともな》った、あまりに強烈《きょうれつ》な快感に、お晴は叫ぶ。

さらに時間をかけて、竜之介は、丁寧な愛撫によって、お晴の肉体を緊張から解放していった。

夜具を濡らすほど秘蜜《ひみつ》が溢《あふ》れて、お晴が快感のあまり半《なか》ば意識を失いそうなのを見て、竜之介は、頃良《ころよ》しと判断した。

股間の下帯を解《ほど》いて、お晴の上に覆《おお》いかぶさる。

そして、巨根を掴み、角度を調整した。

熱い亀裂に押しつけると、そのまま前進する。

正常位で、百戦錬磨の肉の凶器《きょうき》が、十八歳の純潔の扉を一気に引き裂《さ》いた。

「……………っ！」

お晴は、苦痛の呻きを洩《も》らす。

反射的に逃げるかと思ったが、お晴は、意外な動きに出た。

両腕を竜之介の首に巻きつけて、力いっぱい、しがみついたのだ。

その健気《けなげ》な行動の間に、竜之介の巨砲は根元まで、お晴の体内に没する。

「よしよし、よく耐えたな」

竜之介は娘を抱きしめ、頬を擦《こす》りつけてやった。

「もう、わしとそなたは一つになったぞ。これ以上、痛くはならぬ」

「あんなに巨きいのに……入ったんですか」

「うむ。入った」

竜之介は、お晴の顔を覗《のぞ》きこんだ。

熱く新鮮な肉襞《にくひだ》が、彼の巨根をきつく締めつけている。

「痛い思いをさせて、済まなかったな」

「ううん、ちっとも痛くなかったです……」

愛らしい嘘をつくお晴の目には、涙の粒《つぶ》が溢《あふ》れている。

破華《はか》の激痛を堪《た》えた時に、思わず、涙が滲《にじ》んだのであろう。

竜之介は、その涙の粒を吸ってやった。

「痛みが治まるまで、少し休むか」

「いいえ。もっと、色々、してください。あたし、「平気です」

頬を火照《ほて》らせて、お晴は言う。

「優しいお侍様に女にしてもらって、晴は幸せ者です。だから、いっぱい、可愛がってください」

「よかろう。では、そろそろと動くぞ」

女になったばかりの十八娘の肉体の負担にならないように、竜之介は、緩《おだ》やかに腰を使う。

破華の激痛で強《こわ》ばっていたお晴の四肢《しし》が、少しずつ緊張を解いてゆく。

「ん、ん……んふっ……んっ」

お晴の唇から、悦楽《えつらく》の喘ぎが洩れた。

竜之介は、お晴の女壺《にょつぼ》を味わいながら、さらに巨根の抽送《ちゅうそう》を続ける。

単純な往復運動ではなく、時々、速さを変えたり、侵入の角度を変えたりして、お晴の反応を見ていた。

そして、次第に動きを速めながら、多彩な業《わざ》も盛りこむ。

小さな乳房が、男根の律動《りつどう》に従《したが》って、胸の上で揺れていた。

「何か変な……腰が熱くて、蕩《とろ》けそうな……ああァっ」

お晴の快楽曲線が、急激な上昇を遂《と》げているようだ。

竜之介は力強い動きで、お晴の悦楽を高めてゆく。

「――ァアっ！」

ついに、言葉にならない叫びを上げて、お晴が、生まれて初めて性の絶頂に達した。

竜之介の剛根が、きゅーっと締めつけられる。同時に、竜之介は放った。

大量の白濁した溶岩流が、花孔の奥の院を直撃した。

竜之介は、お晴を抱きしめて、そのまま休む。

しばらくしてから、お晴が、ぽつりと言った。

「何倍も良かった」

「ん？」

「みんなの話で聞いてたよりも、何倍……ううん、何十倍も気持ち良かったです」

素朴な明《あ》け透《す》けさで、お晴は言った。それを聞いて、竜之介は微笑する。

「お侍様……」

「何だ」

お晴は羞かしそうに、

「また、しゃぶってもいいですか」

五

「大変ですっ、お侍様っ」

けたたましく、左平の家に飛びこんで来たのは、お竹であった。

「む……どういたした」

松平竜之介は無精《ぶしよう》なことに、渋々《しぶしぶ》、片目だけ開く。

その腕枕で、お新が眠っていた。

昨夜――破華《はか》を行ったばかりの聖液まみれの男根を、お晴は舐《な》めしゃぶって、浄《きよ》めた。

そして、再戦を希望したのである。しかも、後ろから犬みたいに犯されてみたい――と言う。

竜之介は、その願いを叶《かな》えてやった。

お晴が牝犬《めすいぬ》の姿勢をとると、その充血した女器を愛撫《あいぶ》して、背後から侵入する。

女壺《にょつぼ》に残留する聖液が潤滑油《じゅんかつゆ》の役割を果たして、初回よりも滑《なめ》らかに、男根の侵入が完了した。

抽送《ちゆうそう》を開始すると、二度目のお晴の反応は、初回よりも深かった。

毎日、厳しい労働に明け暮れている十八歳の肉体は、立派に成熟していたのだろう。

竜之介は、先ほどよりも激しい調子で、お晴を責める。

お晴は寝間着《ねまき》の袂《たもと》を噛《か》んで、悦声《よがりごえ》を押し殺した。

隣の部屋で寝ているお新に配慮するほど、心の余裕が生まれたのだろう。

二度目は、初回よりも短時間で、悦楽《えつらく》の頂点に駆け上った。

竜之介は、二度目とは思えぬほどの量の聖液を、奥の院に叩きつける。

四半刻《しはんとき》ほど休んでから、何度も礼を言って、お晴は帰って行った。

それから、しばらくして、お新が、「水……お水ちょうだい……」と寝言を言う。

竜之介は起き上がって、水瓶《みずがめ》の水を湯呑みに入れて、それをお新に飲ませてやった。

「ありがと、竜之介様……」

喉《のど》の渇《かわ》きが癒《い》えたお新は、甘え声で竜之介に抱きつく。

お晴を相手に二度も吐精したにもかかわらず、愛する妻の肉体が密着して来ると、竜之介の股間《こかん》のものは猛々《たけだけ》しくなった。

そこで、たっぷり時間をかけて、お新を可愛がったのである。お新も、汗みどろになって、悦《よ》がり哭《な》く。

それから寝たのだが、お竹に叩き起こされた時には、まだ一刻半——三時間くらいしか、竜之介は睡眠をとっていなかった。

「どういたした、もう朝か」

朝か——と尋《たず》ねながら、竜之介は、周囲が明るくなっていることに気づく。

「く、黒兵衛たちがっ」お竹が叫んだ。

「黒兵衛たちが大勢《おおぜい》で、やって来ましたですっ」

竜之介は、瞬時に覚醒《かくせい》した。意識が五体の隅々《すみずみ》にまで張りつめる。お新を揺すって、

「お新、敵が来たぞっ」

その声で、お新も、ぱっと目を覚ました。

下帯《したおび》一本の竜之介は、立ち上がって着物を着る。

「数は、どのくらいだ」

「ええと……十人……いや、十五人はいるです」

「そのくらいか」

竜之介は、頼もしい笑みを見せた。田舎やくざが十五人では、若殿浪人の敵ではない。

「それと、用心棒のお侍が」

「用心棒……？」

「出てこい、浪人野郎っ、この黒兵衛の方から来てやったぞっ」

外で怒鳴《どな》っている声が聞こえた。

竜之介は帯に二刀を落として、家の外へ出る。

波に煌《きら》めく朝日の眩《まぶ》しさに、一瞬、目を細めた。

「──なるほどな」

砂浜に、人相《にんそう》の悪い連中が、喧嘩支度《けんかじたく》で横一列になっている。昨日、竜之介に痛めつけられた安公と久八もいた。

黒兵衛一家が、勢揃《せいぞろ》いだ。

先頭にいる厳《いか》つい顔の初老の男が、親分の黒兵衛だろう。

その脇に、袴《はかま》姿の中年の浪人者が立っていた。左手に、五尺《しゃく》ほどの短い手鑓《てやり》を持っている。

腰に差しているのが脇差《わきざし》だけなのは、手鑓を遣《つか》うのに、動きやすくするためだろう。

お竹やお晴など村の女たちは、網小屋の前に固まっている。

「出てきやがったな」と黒兵衛。

「生《なま》っちろい野良犬の分際《ぶんざい》で、この松山一の大親分、泣く子も黙る三途《さんず》の黒兵衛に逆《さか》らったらどうなるか、たっぷりと思い知らせてやる」

半分は竜之介と月岡村の女たちを威嚇《いかく》するために、あとの半分は乾分《こぶん》どもを奮《ふる》い立たせるために、黒兵衛は野暮《やぼ》な啖呵《たんか》を切った。

やくざの親分という地位を守るためには、多分に演技力が要求されるのだろう。

竜之介は、黒兵衛の啖呵を鼻で嗤《わら》って、

「わしが野良犬なら、貧しい人々の膏血《こうけつ》を搾《しぼ》り取るその方は、さしずめ蛆虫《うじむし》だな」

「ぬかしやがったなっ」

演技ではなく、黒兵衛は本気で激怒した。

「野郎ども、あのド三一《サンピン》を、ぶっ殺せ！」

「おおっ」

長脇差《ながどす》を引き抜いて、乾分たちが突進して来る。

竜之介の強さを軀《からだ》で実感している安公と久八は、

「串刺しだっ」

「膾斬《なますぎ》りにしろっ」

派手に喚《わめ》きながら、二人とも、なるべく仲間たちの後ろになろうとしていた。

竜之介は、すらりと大刀《だいとう》を抜き放った。

その時には、喧嘩《けんか》支度《じたく》の出来たお新も飛び出して来る。

「お新。村の者たちを、頼んだぞっ」

「任しといてっ」

長脇差を抜いて、お新は、女たちの方へ駆けて行った。

六

「くたばれっ」

先頭の体格の良い奴——代貸《だいがし》の為蔵《ためぞう》が、長脇差《ながどす》で斬《き》りつけて来た。

竜之介は軀《からだ》を開いて、苦もなく、その一撃をかわす。

そして、目標を失って蹈鞴《たたら》を踏む為蔵の後頭部に、大刀《だいとう》の柄頭《つかがしら》を叩きこんだ。

「ぐひゃっ」

白目を剝《む》いて、代貸は、砂浜に顔を突っこんだ。

「代貸の仇敵《かたき》だっ」

小太りの乾分《こぶん》が、諸手《もろて》突《づ》きで突っこんで来る。

これもかわした竜之介は、擦《す》れ違《ちが》いざまに足を払った。

そいつの軀《からだ》がほとんど水平に宙に浮いて、手から長脇差が吹っ飛ぶ。

「ほぎゃっ」

全身で砂浜に叩きつけられた乾分は、豚のように呻《うめ》いた。

そいつの脇腹の急所に、竜之介は蹴《け》りを入れる。

「ぐっ……」

小太りの乾分は、悶絶《もんぜつ》した。

先頭の二人が簡単にやられたので、他の乾分たちは愕然《がくぜん》としたらしい。

「みんなで、一斉《いっせい》にかかれっ」

「ちきしょうっ」

自棄《やけ》くそじみた奇声を上げて、五、六人の乾分たちが、向かって来る。

「とおっ」

竜之介は豪快な剣捌《さば》きで、そいつらを案山子《かかし》同然に倒していった。無論、峰打ちである。

どいつもこいつも、ただの一撃で倒れ伏《ふ》した。

それを見て、残った乾分たちは、さすがに怖《お》じ気《け》づいたらしい。

竜之介を遠巻きにして、互いに顔を見合わせるだけで、誰も仕掛けなかった。

その様子を見た黒兵衛、歯ぎしりして、

「石丸《いしまる》先生っ」

「うむ……」

手鑓《てやり》の浪人者が、横縞《よこじま》の袴《はかま》の裾《すそ》を翻《ひるがえ》して、竜之介の前へ進み出た。

「用心棒渡世《とせい》の仁義《じんぎ》だ、名乗っておこう」

浪人者は言う。

「俺は、鳴戸《なると》流槍術《そうじゅつ》の石丸十郎太《じゅうろうた》だ」

「わしは、泰山《たいざん》流の松平…いや、松浦竜之介という」

竜之介も名乗りを上げた。

「立派な名前だな。お主に恨《うら》みはないんだが、ここで死んでもらわないと、俺が路頭《ろとう》に迷う羽目《はめ》になる。まあ、勘弁《かんべん》してくれ」

諧謔味《かいぎゃくみ》すら感じられる口調で、十郎太は言った。

「あんな悪党の用心棒などして、武士として羞《はず》かしくはないのか」

「ふふん」十郎太は苦笑した。

「まあ、当節は世知辛《せちがら》くて、武士の誇りでは飯は喰えぬからな。文句は、江戸《えど》城で酒池肉林《しゆちにくりん》に溺《おぼ》れているという公方《くぼう》様にでも、言ってくれ」

「……」

その将軍家斎《いえなり》の代人《だいにん》である竜之介は、とっさに言葉を返せなかった。

十郎太は、急に真剣な顔つきになって、しゅっしゅっと手鑓の柄《え》をしごく。

「参るぞっ」

「おうっ」

竜之介が正眼《せいがん》に大刀を構え直した刹那《せつな》、その足の甲めがけて、電光石火の突きが来た。

「おっ」

その突きを払うつもりが、それより早く、鑓穂が後退する。

そして、がら空《あ》きになった竜之介の胸を狙って来た。

「うっ」

危《あや》うくかわしたが、砂に足を取られて、竜之介の態勢が崩《くず》れた。

その隙《すき》に、喉元《のどもと》めがけて手鑓が突き出される。

刀身では間に合わないから、竜之介は柄《つか》で、その鑓穂を払った。

「ほほう」

間合《まあい》をとって、十郎太は微笑《ほほえ》む。

「優男《やさおとこ》に似合わぬ剣の冴《さ》えだ。相当、修業を重ねたな」

「当然だ。武士は剣の修業を通じて、業《わざ》ではなく、心を鍛《きた》えるもの」

「……」

「そなたが鍛えたのは、業だけのようだ」

十郎太の眼が、底光りする。

「お主は……どうやら、俺の一番嫌いな種類の人間らしい」

歯の間から押し出すようにして、言った。

「死ねっ」

間合を詰《つ》めて、十郎太が手鑓を繰り出す。

十数本の槍が突き出されるような、変化業《わざ》であった。

「むむ……」

さすがの竜之介も、防戦一方になる。

（突きも引きも速すぎて、先端の斬り落としができぬっ）

「どうした、若造っ」

十郎太は嗤《わら》う。

「いいぞ、先生、やっちまえっ」

黒兵衛は大喜びだ。

「竜之介様っ」

お新が心配そうに、叫ぶ。

それを聞きながらも、竜之介は後退するしかなかったが、はっと気づいた。

（そうかっ、後ろへ退《さ》がるから追いつめられるのだ）

身を捨ててこそ浮かぶ瀬もあれ――という故人の格言もある。

（よしっ）

相手の突きに合わせて、竜之介は、自分から前に飛び出した。

手槍の先端が、その軀を貫《つらぬ》いたように見えて、

「ああっ」

お新が、悲痛な悲鳴《ひめい》を上げる――だが、

「うっ」

十郎太が、顔色を変えた。

実は、鑓穂は、竜之介の左の袖《そで》を貫いただけであった。

竜之介は、左の脇の下に、しっかりと手槍の螻蛄首《けらくび》を挟《はさ》みこんでいる。もう、手鑓を動かすことは出来ない。

そして、二人の距離は、一尺《しゃく》もなかった。

「しまったっ」

十郎太は、あわてて槍から手を離し、脇差を抜こうとする。

が、それよりも早く、竜之介が、大刀の柄頭で、十郎太の脳天を一撃した。

十郎太は、ゆっくりと仰向《あおむ》けに倒れる。

「せ、先生がやられたっ」

残った七、八人の乾分たちは、浮き足だった。

「馬鹿、女どもを捕《つか》まえろ、人質にするんだっ」

黒兵衛が、卑怯《ひきょう》な手段を叫ぶ。

「なるほどっ」

「それだっ」

活路《かつろ》を見出した乾分どもは、網小屋の方へ駆け出す。

「いかんっ」

お新が、一人で相手に出来る人数ではなかった。

竜之介も、そちらへ駆け出したが、もう、乾分どもはお新の前に到達していた。

その時、網小屋の上から、乾分どもの頭上に降りかかったものがあった。

お竹が繕《つくろ》っていた、大きな投網《とあみ》である。

「わわっ」

「何だ、こりゃっ」

乾分どもは、文字通り、一網打尽《いちもうだじん》になった。安公と久八も、そこに混じっている。

「それ、ぶっ叩けっ」

網小屋の屋根の上で叫んだのは、何と、大坂《おおさか》の甲賀《こうが》屋敷から消えた女忍《くのいち》見習いの花梨《かりん》であった。

「網の上からぶっ叩くんだ、長脇差は使えないからっ」

それを聞いた村の女たちは、

「やろうっ」

「みんなで、左平爺《じい》さんの仇討《かたきう》ちだっ」

手に手にヤスや薪《まき》、擂《す》り粉木《こぎ》などを持って、乾分どもに打ちかかった。

「ひいいっ」

「助けてくれっ」

「死んじまうよォ……」

腕っ節《ぶし》なら町の男より上の女たちに、散々《さんざん》に叩かれて、乾分どもは不様《ぶざま》に命乞《ご》いをする。

「花梨ちゃん。どうして、ここへ？」

驚くお新に、花梨は、にやっと笑って、

「二人だけじゃ、頼りないからさ。来て、良かったよ」

「よくやったぞ、花梨」

竜之介は、可愛い女忍見習いを誉《ほ》めてやる。

それから、手鐽を捨てて、黒兵衛の方を見た。

残ったのは、親分の黒兵衛、ただ一人である。

名前とは逆に、蒼白《そうはく》になった黒兵衛だが、やくざの矜持《きょうじ》が少しだけ残っていたのか、逃げだしはしなかった。

「こんちきしょうっ」

長脇差を抜くと、諸手突きで、猪《いのしし》のように突進する。

竜之介は、流れるような動きでその突きをかわして、黒兵衛の両手首に大刀の峰を振り下ろした。

「ぎゃっ」

長脇差を取り落とし、黒兵衛は、その場に膝を突く。

両腕が、おかしな方向に曲がっているのは、尺骨《しやつこつ》を粉々《こなごな》に砕《くだ》かれたからだ。

竜之介は、その眼前に切《き》っ先《さき》を突きつけて、

「形《かた》にとった娘を、女衒《ぜげん》に売ったのか」

「お、一昨日《おととい》、女衒の団五郎《だんごろう》に六十両《りよう》で渡した……」

骨折の激痛に脂汗《あぶらあせ》を流しながら、黒兵衛は唸《うな》るような声で答える。

「その団五郎は、今、どこにおるのだ」

「次は、川之江《かわのえ》に用事があると言ってた……」

「よしっ」

竜之介は、黒兵衛の首の付け根を峰で打った。

たわいなく、黒兵衛は気絶する。

「竜之介様っ」

「馬鹿と…じゃなかった、若殿っ」

お新と花梨が、駆けつけて来た。

「お妙を連れた女衒は、川之江だそうだ」

松平竜之介は、静かに納刀《のうとう》して、二人の女に言った。

「何としても、お妙は無事に連れ戻す。わしらも、あとを追うぞっ」

「はいっ」

「よしきたっ」

お新と花梨は、元気に頷《うなず》くのだった。

# 第六章　女体籠城《にょたいろうじょう》

## 一

「――というような訳で、裸同然の格好《かっこう》で大坂《おおさか》の屋敷を飛び出して来たもんだから、風邪《かぜ》をひいて、調子が悪くてさあ。それさえなきゃ、もう少し早く、お二人さんに追いつけたんだよ」

「おい、花梨《かりん》」

「え、何？」

甲賀《こうが》女忍《くのいち》見習いの花梨は、松平竜之介《まつだいらたつのすけ》の方を見た。

「この四日間で、そなたは、その話を二十回くらい喋《しゃべ》っておるぞ」

うんざりした様子で、竜之介は言う。

「そうだっけ？」花梨は首を傾《かし》げる。

「でも、面白い話は、何回しても、いいじゃないか」

「まあまあ、花梨ちゃんも苦労したんだよね。オイラたちを追って来て」

取りなし顔で、男装のお新《しん》が言った。

竜之介たち三人が歩いているのは、讃岐《さぬき》街道である。

四日前の早朝――伊予国《いよ》・松山《まつやま》領の月岡《つきおか》村で、黒兵衛《くろべえ》一家をやっつけた竜之介だが、そこへ、押《お》っ取《と》り刀《がたな》で駆けつけたのが、町奉行所の与力《よりき》と捕方《とりかた》の一団であった。

黒兵衛たちが喧嘩《けんか》支度《じたく》で月岡村へ向かったと聞いて、何事かと出動したのである。

竜之介は、その与力を物陰へ連れて行って、将軍家代人《だいにん》の証拠である黒扇《こくせん》を見せた。

腰を抜かしそうになった与力に、黒兵衛一家を残らず捕縛《ほばく》して、無法な取り立ての件も善処するように――と申しつけたのである。

後始末が済んで、午後になってから、すぐに、竜之介たち三人は、今治《いまばり》道を東へむかった。

左平の孫娘のお妙《たえ》を買い取った女衒《ぜげん》の団五郎《だんごろう》を、追いかけるためである。

松山から、今治、西条《さいじょう》ときて、川之江までは三十里《り》ほど。

今日の正午《ひる》ごろには、川之江に着くだろう。

「それにしても、よく、オイラたちが伊予へ渡ったってわかったね」

「わからいでか」

花梨は胸を張った。

「だって、風魔乱四郎《ふうまらんしろう》を追ってるっていうのに、二人とも行く先々で、一文《いちもん》にもならない人助けばっかりしてるじゃないか」

思えば、竜之介とお新は――明石《あかし》藩の悪代官を成敗《せいばい》し、姫路《ひめじ》では凶盗《きょうとう》一味を倒し、岡山《おかやま》では関所奉行の不正を暴《あば》き、広島《ひろしま》では老爺《ろうや》から金を奪った悪党どもを捕《つか》まえている。

「張り切って捜《さが》す必要は、ないんだよ」と花梨。

「あっちでも、こっちでも、正義漢の美男浪人と粋《いき》な旅鴉《たびがらす》の二人組が悪者退治をしたって、大評判なんだから。まるで、世直し道中《どうちゅう》さ」

「世直しか……そんな大それた考えは、なかったのだがなあ」

竜之介が、感慨深げに言う。するとお新も頷《うなず》いて、

「そうだよねえ。目の前に困った人がいたら、つい、手を貸してしまう――竜之

介様は、そういう人柄《ひとがら》だもんね」

「ふうん」

花梨は面白くないような、でも、何か誇らしいような、そんな微妙な気持ちで、竜之介の横顔を眺めている。

袖《そで》無しの裾短《すそみじか》な着物に、太腿《ふともも》の半《なか》ばまである藍《あい》色の木股《きまた》という活動的な姿の花梨だ。

「早く、お妙さんていう娘を助けて、風魔退治に専念しなくちゃね」

「まあ、そういうことだな」

そんな話をしているうちに、三人は、陣屋《じんや》町の川之江に入った。

伊予国宇摩郡《うまごおり》の川之江は天領であり、別子《べっし》銅山や立川《たつかわ》銅山などを管轄《かんかつ》するために、伊予代官の陣屋が置かれていた。

しかし、享保《きょうほう》八年に代官陣屋は廃止されて、この地は、松山藩への預地《あずけち》となった。そして、陣屋には、今は松山藩士が詰《つ》めている。

川之江は、船番所《ふなばんしょ》のある湊《みなと》町であり、陣屋町であり、伊予と讃岐・阿波《あわ》・土佐《とさ》を結ぶ重要な宿場でもあった。

「途中で聞いた話じゃ、女衒の団五郎の常宿は、辰巳《たつみ》屋だってね」

通りを歩きながら、お新が言う。

途中の掛け茶屋や飯屋で、団五郎について聞きこみをしながら、やって来たのだった。

「その辰巳屋は、たしか、本陣の近くだって、話だよ」

花梨がそう言った時、

「どいた、どいたっ」

鳶口《とびぐち》を持った火消しの一団が、花梨の脇をかすめて駆けて行った。

「何だろ、火事かな」

「それにしちゃあ、火も煙も見えないようだけど……」

三人が火消しの向かった方を見ると、丁字路の入口の前に、大勢《おおぜい》の人だかりがしている。

「陣屋の元締《もとじめ》が、出役《でやく》されてるぜ」

「あんなに捕方《とりかた》や岡っ引《おかぴき》を、集めたんだな」

「それでも足りずに、火消しまで呼んだんだからなあ」

「そりゃ、ひょっとしたら、火事になることもあるだろうし」

「とにかく、この川之江が始まって以来の大事件ですよ」

人垣の後ろに立つと、そんな会話が聞こえて来た。

「ちと、通してくれぬか」

竜之介が声をかけると、その気品と貫禄《かんろく》に、人々は素直に左右に分かれた。お新と花梨が、竜之介のあとに続く。

人垣の前に出て見ると、そこには、捕物《とりもの》支度の陣屋の元締、捕方、岡っ引、火消しの若い衆などが、突き当たりの旅籠《はたご》を取り囲んでいた。

その旅籠の看板には、〈辰巳屋〉と書かれている。

「何だ、あれが辰巳屋か」

竜之介が呆《あき》れた表情になると、二階の出窓から、着流し姿の浪人者が顔を出した。

浪人は一人ではなく、半裸の女を盾《たて》にしている。

それを見て、野次馬《やじうま》たちは響《どよ》めいた。

「いいか、よく聞けっ」

精悍《せいかん》な顔つきをしたその浪人者は、叫ぶ。

「わしの名は、志村幸三郎《しむらこうざぶろう》。わしらは、浪々のまま野垂《のた》れ死《じに》するのが、厭《いや》になったのだ。最期くらい好き勝手をやって、死に花を咲かせたい」

盾にされている女は、この旅籠の女中らしい。

上半身が裸で乳房が丸出し、腰には下裳《したも》一枚という姿だ。

その胸元には、志村浪人の大刀《だいとう》の先端が、突きつけられている。

二十代半《なか》ばの女は、恐怖と羞恥《しゅうち》のために、半ば死んだような顔つきになっていた。

「近づくなよ。近づくと、ここの女どもを皆殺しにするぞっ、わかったかっ」

言い終わった志村浪人は、ぴしゃりと窓の障子《しょうじ》を閉めてしまう。

「くそ、人質をとられていては、どうにも手がだせんっ」

罵声《ばせい》を洩《も》らしたのは、陣屋の元締・田久保《たくぼ》勘左衛門《かんざえもん》であった。

竜之介は、気軽に近づいて、

「これは、どういう騒ぎなのかな」

「何だ、お主はっ」

田久保は、竜之介を睨《にら》みつける。

「見て、わからんのか。辰巳屋には、三人の喰《く》いつめ浪人が籠城《ろうじょう》しておる。宿泊客と女中たちが人質になっておるのだ。退《さ》がっていろ、退がって」

「困ったな。わしは、あの旅籠に大事な用事があるのだが」

「この非常事態に、何を呑気《のんき》なこと言っとるかっ」

月代《さかやき》から湯気が立ちそうなほど、田久保は興奮して、

「このままでは、客も女中も皆殺しになるのだぞっ」

「皆殺し……それはいかん」

竜之介は、顔を顰《しか》める。

「つまり、その三人の浪人を、捕まえればよいのですな」

「それが出来れば、苦労はせんっ」

田久保は、怒鳴《どな》りつけた。

だが、竜之介は、花梨の方を見る。

「出来るな、花梨」

花梨は、胸を叩く真似《まね》をして、

「おうよっ」

二

辰巳屋の二階座敷では、志村浪人が、半裸のお沢《さわ》に大刀《だいとう》を突きつけて、障子《しょうじ》の

隙間《すきま》から、外の様子をうかがっていた。

旅籠《はたご》を包囲している捕方《とりかた》や火消しなどを見て、

「どんどん、加勢が集まるようだな。結構だ、それだけ派手に死ねるからな」──

眼をぎらつかせて、そう呟《つぶや》く志村の横顔は、死神に魅入《みい》られたような不気味《ぶきみ》さであった。

そして、一階では──境の襖《ふすま》を開け放して、二つの六畳間《じょうま》に、十数人の宿泊客が詰《つ》めこまれていた。全員、後ろ手に縛《しば》り上げられている。

座敷の奥で、客たちを見張っているのは、浅井小金次《あさいこきんじ》という固太りの浪人だ。

袴《はかま》姿の浅井浪人の前に、酒肴《しゅこう》の膳《ぜん》が置かれている。

お沢と同じように下裳《したも》一枚で、浅井に酌《しゃく》をしているのは、女中のお種《たね》だ。お種は二十歳くらいである。

「むっふふふ、極楽《ごくらく》極楽」

上機嫌《じょうきげん》で、浅井は飲んでいた。

「貧乏浪人の人生の終わりに、こんな極楽が巡って来るとはな。志村さんについて来て、本当に良かった」

さらに、一階の奥座敷──縛り上げられた奉公人《ほうこうにん》たちが、やはり一《ひと》まとめにされている。

その隣の座敷から、彼らを見張っているのは、痩《や》せ型の中川又兵衛《なかがわまたべえ》だ。

中川浪人の前にも、酒肴の膳がある。

だが、本人は酒を飲まずに、にやにや嗤《わら》いながら、半裸の若い女中の臀《しり》を撫《な》でていた。

「や、やめてくださいっ」

そのお民《たみ》という女中は、泣きべそをかいている。

「そう邪険《じゃけん》にいたすな」と中川。

「わしのなには、なかなかの逸物《いつもつ》だぞ。ほれ、触《さわ》ってみい」

己《おの》れの着物の前を開いて、下帯《したおび》の脇からお粗末《そまつ》なものを取り出した。そいつに、お民の手を押しつける。

と、その時、縛られている奉公人たちが、

「……っ！」

声もなく、驚きの表情になった。

中川の背後の畳が、音もなく、ゆっくりと持ち上がったからだ。

右手で畳を持ち上げていたのは、松平竜之介だ。左手に、大刀を鞘《さや》ごと下げている。

縁《えん》の下に侵入した花梨が、忍び鋸《のこぎり》で床板《ゆかいた》を切り、そこから畳を上げて出られるようにしたのだ。

「いや、堪忍《かんにん》してっ」

抗《あらが》うお民に、肉根を突き出して、

「ほれほれ、こいつを握って上下にな…」

好色魂《だましい》全開で、中川は、背後に注意をはらっていない。

その細い首筋に、竜之介の手刀《てがたな》が叩きつけられた。

「うぅ……」

中川浪人は、他愛《たあい》なく気絶する。

「あっ」

お民は、小さく叫んだ。

「お、お武家様は……？」

「しっ」

と、お民を制して、竜之介は、床下の花梨に、

「お前は、外で待っておれ。わしが人質の無事を確認して合図するまでは、決し

て踏みこむな——と、元締殿《もとじめどの》に伝えてくれ」

「あいよっ」

陽気に返事をして、花梨は消えた。

竜之介は、中川浪人の刀の下緒《さげお》を外《はず》した。

それで、中川浪人を縛り上げながら、奉公人たちに小声で、

「皆の者、今しばらくの辛抱《しんぼう》だ。浪人どもを捕《つか》まえるまで、大人しく待っていてくれ」

「うぐぐ……」

猿轡《さるぐつわ》をかまされている状態で、皆は頷《うなず》く。

竜之介は、お民に、

「すまぬが、案内を頼む」

「はいっ」

頷いてから、お民は、あわてて剝《む》き出しの形の良い乳房を両腕でかかえた。

ぽっ、と頰《ほお》を紅潮させてしまう。

三

「咥《くわ》えろっ、しゃぶらんかいっ」

仁王立《におうだ》ちになった浅井小金次が、袴《はかま》を足元まで下ろして、下帯《したおび》の脇から並の大きさの男根を突き出していた。

跪《ひざまず》かせた女中のお種に、無理矢理、咥えさせようとしているのだ。

「い、厭《いや》っ」

お種は顔を左右に振って、抵抗する。

と、その時、廊下からお民が顔を出した。

「あのう……」

片腕で剝《む》き出しの胸を隠して、遠慮がちに言う。

「あちらのご浪人さんが、来てくれ——とおっしゃっていますが」

「ちぇっ、いいところなのに」

舌打ちした浅井浪人は、苛立《いらだ》たしげに袴を引き上げた。大刀《だいとう》と脇差《わきざし》を、その場に置いたまま、

「不粋《ぶすい》な奴だなあ、中川は」

ぶつぶつと文句を言いながら、浅井浪人は、廊下へ出ようとする。

が、襖《ふすま》の蔭には、松平竜之介がいた。

手にした大刀の鞘《さや》の先端で、浅井の脇腹を鋭《するど》く突いた。

「ぐふっ」

急所を突かれた浅井浪人は、糸の切れた操《あやつ》り人形のように廊下に倒れこもうとする。

竜之介は、その襟首《えりくび》を摑《つか》んで、静かに廊下に横たわらせた。

音を立てて昏倒《こんとう》すると、二階にいる志村幸三郎に、気づかれる怖れがあるからだ。

念のために、浅井の頭を蹴《け》って、気絶が長く続くようにする。

「お種ちゃんっ」

「お、お民ちゃんっ」

半裸の女中たちは、涙ぐんで抱き合う。普段から、仲の良い二人だったらしい。

「もう安心よ。こちらの強いお武家様が、助けてくれるから」

指先で涙を拭《ふ》きながら、お民が言った。

竜之介は、二階の様子を窺《うかが》ってから、

「二人、始末した。残りは、あと一人だな」

「は、はい」

お種も手で胸を隠して、頷《うなず》いた。この女中も、竜之介の美男子ぶりに、赤くなっている。

「二階で、お沢さんを人質に取っている志村という奴です。三人の親玉で、腕前も、他の二人とは比べものにならないほど強いようです」

お種の話によれば――宿泊客の中にどこかの藩の武士が二人いて、旅籠《はたご》に籠城《ろうじょう》しようとする志村浪人の不意を突き、同時に斬《き》りかかった。

が、志村浪人は、一瞬で二人を斬り倒したという。

二人の死骸《しがい》は、庭に放置されている。

相手の不意を突こうとしたのだから、その二人の武士も腕前は並か、それ以上だったに違いない。

その二人を同時に斬り倒すというのは、かなりの技量がある者にしか出来ないことだ。

「なるほど……」

竜之介は眉《まゆ》をひそめた。

「しかも、あいつは人質に刀を突きつけているからなあ」

お民とお種の熱い目線を浴びながら、竜之介は考えこむ。

「待てよ」竜之介は顔を上げる。

「あいつにも、隙《すき》が出来る時があるぞっ」

その頃、二階の座敷では——志村浪人が障子《しょうじ》窓の脇で、酒を飲んでいた。

半裸の女中のお沢が、酌《しゃく》をしている。

志村は、窓障子の隙間から外を眺めて、

「くく……」

その精悍《せいかん》な顔に、歪《ゆが》んだ笑みを浮かべた。

「大勢《おおぜい》の奴らが、阿《あ》呆面《ほうづら》でこっちを見ておる。惨《みじ》めだった俺の一生に、こんな派手な檜《ひのき》舞台があるとは愉快《ゆかい》だ」

「……」

お沢は生きた心地もなく、ただ、震《ふる》えていた。

四

二階から下りる階段の脇には、布団《ふとん》部屋と後架《こうか》がある。

布団部屋の中に、松平竜之介と二人の半裸女中、お民とお種が、潜《ひそ》んでいた。

幾組《いくくみ》もの布団が積み上げてあるから、残った僅《わず》かな空間に、三人はいた。

片膝立ちの竜之介の逞《たくま》しい軀《からだ》に、横座りになった女中たちの剝《む》き出しの肩や腕、下裳《したも》に包まれた太腿《ふともも》などが密着している。

「ここは、後架の前だ」

大刀《だいとう》を手にした竜之介は、板戸の隙間《すきま》から、階段の様子を見ていた。

「酒を飲んでいれば、そのうち必ず、小用《こよう》を催《もよお》して下りて来るはず。そこを狙えば、人質に害なく、取り押さえられるだろう」

後架の前の待ち伏《ぶ》せである。兵法者《ひようほうしや》としては、些《いささ》か卑怯《ひきよう》なような気がして、内心、忸怩《じくじ》たるものがある竜之介だ。

しかし、無辜《むこ》の女中が斬《き》り殺されるような事態は、絶対に避けねばならぬ。

竜之介は、女中の命を救うために、あえて、自分が不名誉を背負《せお》うことに決めていた。

右側にいるお種が、とろりと濡《ぬ》れた目で、竜之介の胸元に手を滑《すべ》りこませる。

「お武家様……」

「ん？」

「ずるいよ、お種ちゃんっ」お民が怒った。

「あたし、命が助かったと思ったら、何だか軀《からだ》が火照《ほて》ってきちゃって……」

「あたしの方が、先に助けていただいたのにっ」

そう言いながら、お民も、竜之介の着物の前から、股間《こかん》に手を差し入れる。

二人とも生娘《きむすめ》ではなく、それなりに男の味を知っているらしい。

「おいおい」竜之介は、呆《あき》れた。

「今はな。そんな事をしている場合では、ないのだぞっ」

女たちを制止しようとしたが、狭い空間に大刀までかかえているのだから、腕を動かすこともままならない。しかも、物音を立ててはならないのである。

ついに、竜之介の股間に顔を埋《うず》めたお民が、まだ休止状態の男根を咥《くわ》えた。しゃぶり方は、なかなか巧《たく》みである。

お種は、男の首筋や胸に唇を這《は》わせていた。

二人の美女に奉仕《ほうし》されて、竜之介の股間の道具は、雄々《おお》しく立ち上がった。

「まあ、こんなに立派なものは、初めて見たわ」

お民が顔を上げると、お種も覗《のぞ》きこんで、

「本当ね。怖いくらいに巨《おお》きい……きっと、味も最高よ」

「じゃあ、お先に」

お民は、竜之介の膝の上に跨《また》がった。巨根を摑《つか》んで、自分の濡れた秘部にあてがう。

「いや、だから、そんな場合では……」

「あ、ああんっ」

腰を捻《ひね》って、お民は、竜之介の長大な肉柱を呑みこんだ。

「凄《すご》い、あそこが裂《さ》けそう……奥まで、いっぱいっ」

臀《しり》を蠢《うごめ》かして、お民は悦《よ》がる。

「我慢できない、あたしもっ」

お種は、竜之介の右手を、自分の股間に導いた。

濡れそぼった亀裂《きれつ》に押し当てて、腰を前後に揺する。

「ええい、仕方がない」

淫猥《いんわい》すぎる極限状況の中で、竜之介は決断した。

「さっさと、二人とも満足させてしまうか」

二人の淫女を大人しくさせるべく、竜之介は、胡座《あぐら》をかいてお民を突き上げ、右手の中指をお種の花孔《かこう》に没入させた。

同時に、右の親指で、膨《は》れ上がった淫核《いんかく》を撫《な》でる。

「ああっ、駄目《だめ》になっちゃう……」

「お武家様、なんて指使いがお上手なの……ひァんっ」

お民とお種は、悦がりまくった。

二人とも、邪魔な下裳を剝《は》ぎ取って、全裸になっている。

「逝《い》け、逝ってしまえっ」

二人を早く極楽往生《ごくらくおうじょう》させるために、着衣のままの竜之介は、孤軍奮闘する。

ところが、その時——二階の志村浪人が、階段を下りて来たのだ。

油断なく半裸のお沢を前に立たせて、大刀を手に下げた志村は、後架のところまで来た。

すると、布団部屋の中から、何やら悩ましい声が聞こえて来る。

「む……何だ?」

怪訝《けげん》な面持《おもも》ちで、志村浪人は、布団部屋の板戸に近づく。

いきなり、板戸が手前に倒れた。

中から、二人の裸女に絡《から》みつかれた若殿が、肉の塊となって転がり出て来る。

「わっ」

志村浪人は、仰天《ぎょうてん》した。お沢も悲鳴《ひめい》を上げる。

竜之介は、転がりながらお民の女壺《にょつぼ》から巨砲を抜いて、同時に大刀も抜いた。

お民とお種は、大股《おおまた》開きの状態で左右に転がってしまう。

ひゅっと竜之介は横薙《よこな》ぎにした。だが、志村は跳躍《ちょうやく》して、その刃《やいば》をかわす。

そして、落下しつつ、剣先を下に向けた。

竜之介を、突き殺そうとする。

だが、竜之介は廊下を転がって、その剣先をかわした。

そして、素早く立ち上がって、庭へ飛び出した。

志村浪人も、それを追って庭へ飛び出して来る。

足袋跣足《たびはだし》の二人は、正眼《せいがん》に構えて対峙《たいじ》した。

庭の隅には、筵《むしろ》を掛けられた死体が置かれている。お種が話していた、どこかの藩士だろう。

「後架の前の待ち伏せは卑怯だが……」

志村浪人は、凄《すご》みのある嗤《わら》いを見せる。

「あの狭い廊下で、脇差《わきざし》ではなく大刀を得物《えもの》に選ぶとは、お主、やるな」

「その方も、見事に大刀で対処した。それほどの腕を持ちながら、外道《げどう》に落ちるとは」

「世の中が悪いのだ。腐《くさ》った政事が、俺たち浪人を外道にしたのだ」

「逆境にも貧苦《ひんく》にも負けずに、正しく生きている者は多いぞ。武士だけでない、町人も百姓も、日々、精一杯に頑張っている。その方の申すことは、卑怯者の逃げ口上《こうじょう》だ」

「俺は、逃げぬよ」

志村の両眼が、不気味《ぶきみ》に底光りをしていた。

「つまらん人生の最後に、お主のような剣客《けんかく》に出逢《であ》えて、俺は幸運な男だ。勝負といこう」

「剣は、人は斬るためにあるのではない。邪《よこしま》なるものを打ち破り、正しいものを守るためにあるのだ。それが、わからぬかっ」

「言うなっ」

大上段に振りかぶって、志村浪人は突進した。

竜之介も、大上段に振りかぶる。

双方は、真正面から同時に大刀を振り下ろした。

「――――」

二人は、静止した。

ややあって、志村浪人の額《ひたい》から、たらりと鮮血が垂《た》れる。

「同時に同じ軌道で刀を振り下ろしながら、相手の刀身を外側へ弾《はじ》いてしまう……これが、噂《うわさ》に聞いた泰山《たいざん》流の相斬刀《あいざんとう》か……」

志村は、後方へよろけた。

「破邪剣正《はじやけんしよう》……くく、俺が敗《ま》けたのだな」

そこまで言った時、志村浪人の頭から腹まで、真っ赤な線が縦一文字に引かれて、血が噴《ふ》き出した。

志村幸三郎は、ゆっくりと横倒しになった。

「……惜《お》しい」

そう呟《つぶや》いた竜之介は、懐紙《かいし》で刀身を拭《ぬぐ》った。

静かに納刀《のうとう》して、絶命した志村浪人を片手拝《おが》みする。

「剣は人を斬るためのものではない――と言いながら……わしも、まだまだ未熟だな」

暗い表情で、竜之介は廊下へ上がった。すると、

「お武家様っ」

「素敵っ」

「有難うございますっ」

お民、お種、お沢の三人が、竜之介の首に、すがりついてきた。

旅籠《はたご》の前では、陣屋の元締《もとじめ》である田久保勘左右衛門が、じりじりして、見守っている。

「いつまで待てば良いのだ。ええい、合図はまだかっ」

「竜之介様……」

お新が心配そうに呟く。

「ま、大丈夫じゃないの」

そばで、花梨が丼《どんぶり》を手にして、呑気《のんき》に讃岐うどんを立ち喰《ぐ》いしていた。

「馬鹿と……いや、竜之介様は剣の腕は確かだから。どんな奴にも、負けないよ」

その頃、二階の座敷では——松平竜之介と三人の女中が肉弾戦を繰り広げていた。全員、裸である。

四《よつ》ん這《ば》いになったお種を、片膝立ちの竜之介が背後から巨根で貫《つらぬ》いている。

お種の下には、お民が逆向きになって横たわり、二人の結合部に舌を這わせていた。

そして、お沢は、竜之介の背後に蹲《うずくま》り、その逞《たくま》しい臀に顔を押しつけて、後門を舐《な》めまわしている。

「何っ」竜之介は驚いた。

「お妙を連れた団五郎という女衒《ぜげん》は、もう旅立ったというのか」

「はい……昨日のうちに」

背後から牝犬《めすいぬ》のように責められながら、お種は答えた。

「これから、土佐《とさ》の高知《こうち》へ行く——と言ってました」

股間から垂《た》れ下がった重い玉袋を舐めながら、お民が言う。

「むむ、こうしてはおられんっ」

男根を抜き取ろうとした竜之介を、女たちが必死で止めた。

お沢が両腕で竜之介の腰にしがみつき、お種が臀を突き出して、男根を咥えこむ。

「だめえ、みんなが逝くまで可愛がってぇ」

お民も、軟体《なんたい》動物のように、男の足に絡みついた。

「ええいっ、こうなれば自棄《やけ》じゃっ」

眦《まなじり》を決した竜之介は、三人の美しい淫女を昇天させるために、怒濤《どとう》のように腰を使った。

讃岐名物のうどんよりも白い柔肌《やわはだ》を相手に、正義の若殿浪人・松平竜之介は、大奮闘するのであった――。

# 第七章　闇《やみ》の中の裸女

## 一

松平竜之介《まつだいらたつのすけ》が、川之江《かわのえ》で女体籠城事件《にょたいろうじょう》を解決した日の前夜――伊予《いよ》国と土佐《とさ》国の境に位置する笹ヶ峰《ささがみね》の麓《ふもと》に、飯田《いいだ》村という村落があった。

村の中央にある粗末《そまつ》な造りの小屋の窓の隙間《すきま》からは、細い明かりと白い湯気《ゆげ》が洩《も》れていた。

それは、十日に一度だけ利用される村の共同浴場なのだ。

「ああ、風呂に入ると生き返るねえ」

「お兼《かね》ちゃんたら、婆《ばあ》様みてえなこと言ってらあ」

「でも、湯に浸《つ》かると軀《からだ》が蕩《とろ》けそうになるのは、本当だよ」

村娘のお兼とお島《しま》、お伝《でん》の三人が、丸い湯槽《ゆぶね》に浸かって、お喋《しゃべ》りをしている。

「軀が蕩けそうって……お伝ちゃんも、意外と助兵衛《すけべえ》だね」

「まあ、ひどい」お伝は言った。

「お島ちゃんは、口が悪いんだから」

「そうよ」今度は、お兼が言う。

「お島ちゃんだってさ、吾作《ごさく》さんとこの弥市《やいち》と、楽しんでるじゃない」

「楽しんでなんかいるものかっ」

お島は、憤慨《ふんがい》した。

「あの弥市の奴ときたら、道具はお粗末だし、ぶきっちょで、舐《な》めるのも弄《いじ》くるのも下手《へた》だし、鶏《にわとり》みたいに早いし、いいとこなしだよ。だから、もう寝てやらない」

村の若い男を露骨《ろこつ》な表現で貶《けな》してから、お島は、お伝の豊かな乳房を掴《つか》むと、

「大体、蕩けるってのは、こんな風に……」

慣れた手つきで、揉《も》みまわした。

「きゃっ」

お伝はけたたましく笑って、身を捩《よじ》る。

と、その時、湯気抜きの窓の外で、かたり……と物音がした。

「あれっ」

「何の音だろう」

お兼とお伝が、不安そうに顔を見合わせる。

「覗《のぞ》きかな。きっと、弥市の奴だよ」

そう言いながら、お島は、手桶《ておけ》に湯を汲《く》む。

覗いている男に、頭から湯を浴びせようというわけだ。

そして、ぱっと窓の板戸を開いた。

「こらっ」

怒鳴《どな》りつけたお島だが、そのまま固まってしまう。

窓の外には、人の顔があった。

老爺《ろうや》であった。その顔には、長方形の薄い板が横向きに装着されている。

板に一直線に細い隙間を開けて、紐《ひも》で両耳に固定していた。

極北《きょくほく》の地で生きる民が、白い雪原の反射光から目を保護するのに使用する、〈雪眼鏡《ゆきめがね》〉であった。

その隙間の奥から、眼が不気味《ぶきみ》に光っている。

しかも、その顔は、逆《さか》さになって宙に浮いているのだ。

「……」

硬直したお島の手から、手桶が簀《す》の子《こ》に落ちた。中身の湯が、飛び散る。

「どうしたの？」

「お島ちゃん、大丈夫？」

お兼とお伝は、そう言いながら、窓の方を見た。

途端《とたん》に、二人とも動けなくなってしまう。

『お兼…お島…お伝……』

地獄の底から響くような声であった。

『お前たちは、この鈍左《どんざ》様の人形となり、いかなる命令にもしたがうのじゃ』

風魔五忍衆《ふうまごにんしゆう》が一忍《いちにん》――猿眠《さるねぶり》の鈍左が暗示をかける声であった。

『三名とも、わかったな』

「はい、鈍左様」

「あたしたちは……」

「鈍左様の人形です」

虚《うつ》ろな表情になった三人の娘は、抑揚《よくよう》のない声で答えた。

窓から夜の冷たい空気が流れこんでいるというのに、娘たちは身動《みじろ》ぎもしない。

「――これで、よし」

風呂小屋の屋根から、逆さにぶら下がっていた鈍左は、くるっと半回転して、地面に降り立った。

「さて、さて。松平竜之介を迎える準備が出来た。奴めが来るのが、楽しみじゃて」

にたにたと笑う、鈍左であった。

二

「あ、茶屋《ちやや》が開いてる。何か、食べようよっ」

そう言って、緩《ゆる》やかな坂道を駆け上がって行くのは、甲賀《こうが》女忍《くのいち》見習いの花梨《かりん》である。縞《しま》の合羽《かっぱ》を着ていた。

「おいおい。そんな急いで、転ぶなよ。仕方のない奴だな」

松平竜之介が、そう言うと、渡世人姿のお新《しん》が、くすくす笑った。川之江で買った、花梨とお揃《そろ》いの合羽を着ている。

「どうかしたのか、お新」

「だって……竜之介様、まるで、年の離れた妹の面倒をみてる兄ちゃんみたいなんだもの」

「ふうむ……わしには、年の近い弟しかおらんから、わからんなあ。そういう風に見えるのか」

首を捻《ひね》る、竜之介であった。

夕暮れの山道──そこは、伊予国の川之江と土佐国の高知《こうち》を結ぶ土佐北街道だ。

川之江の旅籠《はたご》〈辰巳屋《たつみや》〉の女中から、左平《さへい》の孫娘・お妙《たえ》を買った女衒《ぜげん》の団五郎《だんごろう》が、高知へ向かったと聞いて、竜之介一行は、団五郎のあとを追っているのだった。

茶店があったのは、〈樫《かし》の休場《やすば》〉と呼ばれる場所である。

「え？」

その茶店の親爺《おやじ》は、驚いた。

「これから、笹ヶ峰を越えなさるのかね。もうすぐ、暗くなるが」

「うむ。急ぐ旅なのでな」

親爺が作ってくれた熱々のうどんを食べながら、竜之介は言う。

その両脇では、花梨とお新が一心不乱に、うどんを食べていた。

「お客さん。それは、およしなせえまし」

親爺は、隣の縁台《えんだい》に腰を下ろして、

「この街道は、土佐の殿様が参勤交代でお通りなさるから、殿様道《とのさまみち》と言われてるがね。笹ヶ峰はあまりにも急なんで、お殿様でさえ駕籠《かご》からおりて、ご自分でお歩きなさる。そのくらい険《けわ》しいだ。まして、女連《づ》れで夜旅なんて、とんでもねえ」

土佐国高知藩主の山内《やまうち》候は、海路で参勤交代をしていたが、海が荒れると足止めされてしまう。

そこで、享保《きようほう》二年に、伊予の川之江に繋《つな》がる陸路を切り開くことになった。

近隣の村々から七千人の人足を動員するという大工事によって整備されたのが、殿様道――土佐北街道なのである。

土佐北街道は、四国のほぼ中央を縦《たて》に伸びる街道で、その道の険しさは、日本六十余州でも五指に入るという。

「へっちゃら、へっちゃら」

花梨は、うどんの丼《どんぶり》に顔を突っこむようにしながら、

「あたしら、足腰が強いから。特に、馬鹿と…いや、竜之介様の強さは折紙付《おりがみつき》だからね」

「花梨ちゃんっ」

お新は、頬《ほお》を赤らめる。

花梨の言う「足腰の強靱《きょうじん》さ」が、閨事《ねやごと》のことまで含んでいる——とわかったからだ。

「道が険しいのも大変だが、剣山《つるぎ》ほどではないけど、この辺《あた》りにも熊はいるしな。熊は、真夜中よりも、宵《よい》の口《くち》にうろつくんだ」

親爺の忠告は続く。

「いや、それだけじゃねえ。実は……笹ヶ峰には化物《ばけもの》が出るだよ」

「ば、化物……げほっ」

花梨は噎《む》せた。顔色が変わっている。

「そうじゃ。戦国の世に、落ち武者狩りで殺された沙希《さき》姫というお姫様が、闇《やみ》の中から迷い出て、旅人を喰《く》らうという伝説があるんだ。土地の者は、その妖怪《ようかい》を邪鬼《じゃき》姫と呼んどる」

親爺の話では——享保年間の大工事の時も、笹ヶ峰には夜《よ》な夜な、邪鬼姫が現れて、人夫《にんぷ》が喰い殺されたという。

「ひっ」

「うわっ」

震《ふる》え上がった花梨とお新は、抱き合った。

悪党には強い二人も、さすがに、魑魅魍魎《ちみもうりょう》には弱いのであろう。

「竜之介様ァ……よ、夜旅はやめよう。熊が出たら、危ないし」

「そうだ。ここに、泊めてもらおうよっ」

親爺も頷《うなず》いて、

「そうしなせえ。せめて、夜が明けてから、笹ヶ峰を越えればいい」

「――――」

代金を縁台に置いて、竜之介は、立ち上がる。そして、大刀《だいとう》を帯に差して、

「参るぞ」

竜之介は、座ったままの二人を見た。

「わしらは女衒の団五郎に追いつき、可哀相《かわいそう》なお妙を助けねばならぬのだ。こんなところで、油を売っているわけにはいかん」

「は、はい……」

「わかりました」

お新たちは、不承不承《ふしょうぶしょう》に立ち上がった。

「とほほ……えらいことに、なったなあ」

情けない顔で愚痴《ぐち》をこぼす、花梨であった。

三

夜空に月は出ているが、橅《ぶな》の林に覆《おお》われた峠は、ほとんど暗闇《くらやみ》に近い標高千十六メートルの笹ヶ峰である。

山道は、石畳になっている。豪雨によって、道が崩壊《ほうかい》するのを防止しているのだ。

南の方から、あまり人相《にんそう》の良くない男が、急な山道を上って来た。

「ふう……やっと笹ヶ峰の頂上か」

提灯《ちょうちん》を足元に置いて、一休《ひと》みする。

「高知の城下から十五里《り》……町奉行所の役人どもも、ここまでは追って来れねえだろう」

この男――ぞろ目《め》の参太《さんた》という盗賊《とうぞく》である。

「へ、へへへ」

参太は、胴巻でふくらんだ腹を撫《な》でながら、

「二人ばかりぶっ殺して、紙問屋の大店《おおだな》からいただいた三百両《りょう》……この金で、女を抱きまくってやる。しばらくの間は、女護《にょご》ヶ島《がしま》のお殿様ってわけだ」

下卑《げび》た笑《え》みを浮かべた。すると、

「うふふ……」

「ほほほほ……」

どこからともなく、怪《あや》しい笑い声が、聞こえてきた。

「何だ、若い女の声みてえだが……夜分に、こんな山の上に女がいるわけはねえし」

参太は気味悪そうに、周囲を見まわす。

すると、右手の闇の中から、ぬるりと溶け出たように、三人の娘が出現した。

「だ、誰だっ」

驚いて、参太は、懐《ふところ》の匕首《あいくち》に手をかける。

その女たちは、ごく薄い小袖《こそで》を一枚まとっただけの半裸であった。

胸元も裾前《すそまえ》も乱れているので、胸乳《むなぢ》や下腹部が、ちらちらと見える。

しかも、その小袖も、女たちの髪も肌も、下腹部の繁《しげ》みすらも、ぼんやりと妖《あや》

しく光っているではないか。まさに、妖女《ようじょ》だ。

「う……何だ、おめえらはっ」

藻掻《もが》くようにして、参太は、匕首を抜き出して構える。

「あはははは……」

妖女たちは笑いながら、参太の周囲を、踊るようにして回った。

「ち、ちきしょうっ」

参太は、突きかかる覚悟もつかず、狼狽《ろうばい》した。そして、

「あっ………うわああっ！」

悲鳴《ひめい》を上げて、ばったりと倒れる。

四

それから、四半刻《しはんとき》ほどして——北の方から山道を登ってきたのは、松平竜之介の一行であった。

先頭は、提灯《ちょうちん》を手にした竜之介。

次がお新で、しんがりが、忍び武器の苦無《くない》を手にした花梨である。

お新が左右を見まわしながら、小声で、

「やだなあ、本当に何か出そうだなあ」

「子曰《しいわ》く——怪力乱神《かいりきらんしん》を語らず」

竜之介が平然として、言う。

「そんなこと言っても……」

花梨が、ひょいと右の方を見ると、妖《あや》しく光る女が浮かび上がった。

「きゃあっ」

苦無を放り出して、お新にすがりつく。

同時に、お新も花梨にすがりついていた。

「むっ」

竜之介は、提灯を放り出した。二人を自分の背後に庇《かば》って、大刀《だいとう》の柄《つか》に手をかける。

燃え上がる提灯に照らし出された妖女《ようじょ》は——竜之介たちにはわからないが——飯田村のお兼であった。

「幽霊《ゆうれい》——ではないようだが」

冷静に妖女を観察しながら、竜之介が言う。

「あわわ……」

お新と花梨は、抱き合いながら、じりじりと後ろへ退《さ》がった。

すると、その背後に、第二の妖女が出現した。これは、飯田村のお島であった。

「ひえぇぇっ！」

気絶した二人は、抱き合ったまま、笹の繁《しげ》みの中に倒れこむ。

「ふうむ……」

竜之介は半身になって、前後の裸女に油断なく目配《めくば》りをする。

と、その背後に、第三の妖女——お伝が現れた。

「おっ」

ぱっと飛び退いて、竜之介は、三人から間合《まあい》をとる。

すると、三人の妖女は、「ほほほほ……」と怪《あや》しく哄笑《こうしょう》しながら、ぐるぐると竜之介の周囲を駆け回った。裾《すそ》が翻《ひるがえ》って、秘部が見えている。

そして、帯の後ろから抜いた南蛮《なんばん》短剣で、一斉《いっせい》に突きかかった。

「ぬっ」

その剣先をかわしながら、竜之介は、大刀を抜いて峰打ちにしようとする。

が、さっと驚くべき速さで、三人は後退してしまう。

「人間とは思えぬ、その動き……明らかに正気《しょうき》を失った瞳の色……」

竜之介は、きっと闇《やみ》の奥に目をすえた。

「貴様の仕業《しわざ》か、風魔の鈍左っ」

と、闇の奥に猿眠の鈍左の顔が、浮かび上がる。

「くくく……よう見抜いたな、松平竜之介」

鈍左の強烈《きょうれつ》な暗示によって、お兼たちは、肉体の限界を超えた動きができるようになっていたのだ。

そうでなければ、ただの村娘が、竜之介の峰打ちをかわせるわけがない。

「執念《しゅうねん》深い奴。わざわざ、四国《しこく》までも、わしを追ってきたのか」

怪忍者《かいにんじゃ》は、その問いには答えずに、

「お主を始末せねば、頭領《とうりょう》の乱四郎《らんしろう》様に合わせる顔のないわしじゃ」

憎々《にくにく》しげに、鈍左は言う。そして、闇の中に顔を消《し》してから、

「その三名の娘は、わしの眼力に操《あやつ》られている刺客《しかく》人形よ。その短剣の刃には、銀波布《ぎんはぶ》の猛毒が塗りつけてある。ちょっと、かすっただけでも、即死だ」

「むむ……」

竜之介は知らないことだが——四半刻前に、盗賊《とうぞく》の参太が即死したのも、鈍左

が銀波布の毒を塗った短剣で、背後から軽く突いたからであった。その死骸《しがい》は、林の奥に捨ててある。

「どうする、竜之介。何の罪もない村娘が斬《き》れるか。だが、斬らねば、お主が死ぬのだぞ。うひひひひ」

笑い声が、闇の中に流れた。

「卑劣極《ひれつきわ》まる奴っ」

竜之介は激怒した。その彼に、娘たちが 次々に襲いかかる。

(どうすればいいのだ、どうすれば……っ)

竜之介は困惑した。

地面では、提灯が、ちろちろとかすかに燃えている。

「火…光……」

竜之介は、それを見て、

「むむ、これだっ」

再び、三人が襲いかかって来た。

竜之介は、猛毒の剣先をかわした。

同時に、懐《ふところ》から出した玉を、地面に叩きつける。

眩《まばゆ》い閃光が、夜の笹ヶ峰を照らし出した。

それは、甲賀忍者の使う目眩《めくら》ましの光玉《ひかりだま》であったのだ。

「あっ」

「きゃあっ」

「ひいっ」

妖女たちは、悲鳴《ひめい》を上げる。

光玉の破裂《はれつ》の瞬間、竜之介は、袂《たもと》で顔を覆《おお》っていたので、無事であった。

「……………あれ？」

お島が、ぽかんとした顔で、

「あたしたち、お風呂に入ってて、弥市が覗《のぞ》きに来て……なんで、こんな所に……」

正気に戻った三人は、自分たちが半裸であることに気づいた。

「きゃあっ」

あわてて短剣を捨て、着物の前を合わせて、その場に蹲《うずくま》る。

軀《からだ》や着物が光っているのは、夜光虫を乾燥させた粉を塗りつけられていたからだ。

「鈍左。花梨に貰《もら》った甲賀の光玉に、そなたの術は破れたぞっ」

――茶屋の親爺《おやじ》に熊が出るかも知れないと聞かされていたので、花梨が用心のために、竜之介とお新に、熊を驚かす光玉を渡していたのだった。

肝心《かんじん》の本人は、妖女を見て気絶してしまったが、光玉は別の用途で見事に役に立ったのである……。

「おのれっ」

橅《ぶな》の木に上っていた鈍左は、竜之介の真上から落下した。忍び刀で、突き刺そうとする。

「上から来るのは、お見通しだっ」

竜之介は、びゅっと大刀を振るう。

以前に、明石《あかし》領で襲われた時も、鈍左は、樹上から飛び降りて来たのだ。

「ぎゃっ」

空中で身をくねらせた鈍左だが、どこかを斬られたらしい。着地すると、鈍左は、闇の中へ逃げこむ。

「覚えておれ、竜之介っ」

捨て台詞《ぜりふ》と血痕《けっこん》を残して、老忍者の気配《けはい》は去った。

「外道《げどう》忍者め。次に会った時には……斬るっ」

そう言い放って、竜之介は納刀《のうとう》した。

すると、三人の娘たちが、彼の腰にすがりついて来る。

「お武家様っ」

「怖いっ」

「助けてっ」

お兼たちは、狂乱状態であった。

「よしよし、もう心配いらぬぞ」

竜之介は、着物の前を開いて肉根を掴《つか》み出した。

「これを、しゃぶるがよい。気が休まるぞ」

「は、はい……」

素直に、お兼が男根の先端を咥《くわ》えた。

お島が、茎部《けいぶ》に舌を這《は》わせる。

お伝は、下から玉袋を舐《な》めまわした。

すぐに、竜之介のものは、逞《たくま》しく屹立《きつりつ》した。

三人の村娘は、先ほどまでの恐怖と混乱を忘れたように、熱っぽく巨砲を舐めしゃぶる。

笹の繁みの中では、お新と花梨が気絶したままであった。

「ちょうだい、お武家様っ」

「こんな立派な魔羅、しゃぶるだけじゃ勿体《もったい》ないもの。弥市のとは、大違い」

「三人で御奉仕《ごほうし》します。どんな破廉恥《はれんち》なことでもしますから、あたしたちを、ご存分に犯してくださいっ」

お兼も、お島も、お伝も、ひたすら哀願《あいがん》する。

「よしよし」

女に頼まれたら断れない、人の良い竜之介である。

「そこで、臀《しり》を突き出すがよい」

言われた通りに、お兼は樵の幹《みき》を抱いて、腰を後ろへ突き出した。

竜之介は、着物の裾《すそ》を捲《まく》り上げて、臀を剝《む》き出しにする。そして、お兼の赤みを帯びた花園を貫《つらぬ》いた。

さらに、自分の左右にお島とお伝を立たせて、両手で二人の秘処《ひめどころ》を愛撫《あいぶ》した。

一対三の野外乱交の開始である。

「凄《すご》いっ、火柱《ひばしら》みたいっ」

お兼が喜悦《きえつ》の叫びを上げる。

「次は、あたし……早く逝《い》って、お兼ちゃんっ」

固く目を閉じて指戯《しぎ》の快楽を味わう、お島が言った。

「ずるい、あたしだって、早く犯してもらいたいよっ」

花孔《かこう》から愛汁《あいじゅう》を滴《したた》らせながら、お伝が言った。

「三人とも、必ず抱いてつかわすから、安心せよ」

頼もしく言って、竜之介は、お兼の女壺《にょつぼ》を激しく責《せ》める。

妖《あや》しく光る娘たちは、ただ、悦《よ》がり哭《な》くばかりだ。

妖怪よりも熊よりも怖ろしいものは、正道を踏み外した人間であった。

世のため人のため、大刀一閃《いっせん》、大砲貫通。松平竜之介は、怪忍者の術よりも強烈《きょうれつ》に、村娘たちを淫《みだ》らに燃え狂わせるのであった。

# 第八章　黒弓《くろゆみ》三姉妹

一

白い湯気《ゆげ》が霞《かすみ》のように漂う風呂場で、その娘は、軀《からだ》の隅々《すみずみ》まで洗った糠袋《ぬかぶくろ》を簀《す》の子《こ》の上に置いた。

湯槽《ゆぶね》から手桶《ておけ》で湯を汲んで、肩からかける。

骨細のほっそりした肢体《したい》、滑《なめ》らかな白い肌、美しく張った胸乳《むなぢ》、薄桃色の乳輪、朱色《しゅ》の花園は、処女美そのものであった。

整ってはいるが、どこか寂しげな容貌《ようぼう》で、それが男の庇護《ひご》欲と加虐心《かぎゃく》をそそる。

これが、伊予国《いよ》・月岡村《つきおか》の左平《さへい》老人の孫娘、お妙《たえ》であった。年齢は、友達のお晴《はる》と同じ、十八だ。

髪は後ろで丸く纏《まと》めて、前髪は眉《まゆ》の上で切り分けている。戦国時代に流行した、束髪《たばねがみ》という髪型であった。

その古風で素朴《そぼく》な髪型は、お妙の美貌《びぼう》を、さらに際立《きわだ》たせている。

土佐《とさ》国の山内《やまうち》家二十四万二千石《ごく》——その城下町のある旅籠《はたご》〈小野《おの》屋〉の風呂場であった。

と、いきなり、脱衣所との境の板戸が開かれた。

ずかずかと風呂場に入って来たのは、下帯《したおび》一本の中年男だ。

こいつが、三途《さんず》の黒兵衛《くろべえ》からお妙を六十両《りょう》で買い取った、女衒《ぜげん》の団五郎《だんごろう》であった。

名前の通り、団子のような肥満体で、丸い顔に唇が厚い。粘着質《ねんちゃくしつ》の顔立ちだ。

「きゃっ」

お妙は、あわてて胸乳と下腹部を隠し、男に背中を向けた。

「へへ、羞《はず》かしがることはねえぜ、お妙」

団五郎は上機嫌《じょうきげん》だ。顔が赤くなっているのは、晩酌《ばんしゃく》をしたからである。

「この女衒の団五郎様が、おめえの背中を流してやろうってんだ。ありがたいと思いな」

「……………」

悔《くや》しさと恐怖で、十八娘は震《ふる》えている。

「おめえは、松山の黒兵衛親分から買った大事な大事な商品だから、いつも綺麗《きれい》にしとかねえとな」

団五郎は、糠袋を拾うと、お妙の背後に片膝をついた。丁寧《ていねい》に、生娘《きむすめ》の背中を擦《さす》り出す。

「掃《は》きだめの鶴《つる》というのは聞いたことがあるが、漁師村の鶴ってのは、俺も初めてだ。潮風に吹かれて育ったろうに、この玉の肌はどうだい。まるで、大店《おおだな》の箱入り娘並だぜ」

「う……」

羞かしさと哀《かな》しさで、お妙は泣き出した。

「何を、めそめしてやがる」

団五郎は、処女の円《まろ》やかな臀《しり》を擦りながら、陽気に言う。

「広島《ひろしま》の遊女屋じゃあ、いい着物を着て旨《うま》いものを喰《く》って、ちょいと男に臀を振ってりゃあ、金になるんだ。こんな楽な商売はねえだろう。俺が代わってやりたいくらいだぜ。へっへっへ」

「…………」

お妙は、忍び泣きながら、胸の中で叫んでいた。

（誰か……誰か、あたしを助けてっ）

二

お妙が胸の中で悲痛な叫びを上げていたのと同時刻――松平竜之介《まつだいらたつのすけ》の一行は、山田《やまだ》橋を渡って、土佐藩の城下町に入っていた。

先頭が提灯《ちょうちん》を持った竜之介、次がお新《しん》で、最後が花梨《かりん》――というのは、二日前の夜に笹ヶ峰《ささがみね》を越えようと歩いていた時と、同じ順番である。

夜更《よふ》けの通りには、他に人影はない。

静まりかえった町屋に、流しの按摩《あんま》の笛の音が聞こえる。

「あの……竜之介様」

お新が、途中で買った息杖《いきづえ》を突きながら、遠慮がちに言う。

「少し休みませんか」

「この城下の旅籠《はたご》に、団五郎とお妙が泊まっていることは間違いない。一刻も早く、祖父から預《あず》かった金を渡して、自由の身にしてやらねば、お妙が可哀想《かわいそう》だ」

「はい、はい。そうですねえ……」

息杖にもたれかかるようにして、強行軍に溜息《ためいき》をもらす、お新であった。

「辛《つら》いであろうが、団五郎のいる旅籠さえ見つかれば、そこで、ゆっくり休める。今少しの辛抱《しんぼう》だ、お新」

「うん、はい」

疲労のために、お新の返事は、いつもより投げやりである。

「ええと——」

花梨が口を出した。

「あたしが、旅籠を尋《たず》ねて廻るからさ。馬鹿と…竜之介様とお新姐《ねえ》さんは、とりあえず、そこらの旅籠で一《ひと》休みしたら？」

まだ見習いとはいえ、女忍《くのいち》の修業を積んでいる花梨は、さすがに、お新よりも体力が勝っているようであった。

「ふうむ」

立ち止まって、竜之介は振り向いた。

常夜燈《じょうやとう》の明かりに照らされたお新の顔を見て、自分が無理を言いすぎたと気づいたらしい。

「では、ご苦労だが、花梨に任せるか——」

　すると、通りの向こうから、羽織袴《はおりはかま》の若い武士がやって来た。

　竜之介たち三人に、胡乱《うろん》な者を見るような無遠慮な視線を向けて、その武士は通り過ぎようとした。花梨も睨《にら》み返す。

　突然、弦音《つるおと》が夜空に響いた。

　夜の闇《やみ》を引き裂《さ》いて飛来した黒い矢が、その武士の胸の真ん中に突き刺さる。

「うっ……」

　常夜燈の前に、その武士は倒れこんだ。

「あっ」

「人殺しっ」

　お新と花梨が、ほぼ同時に叫ぶ。

「この者を頼むぞっ」

　竜之介は、素早く提灯を花梨に渡して、黒い矢が飛来した方向へ走り出す。

　弦音の位置は高かった。射手《いて》は、屋根の上に違いない。

　竜之介は、積み上げられた天水桶《てんすいおけ》を足場にして、一気に商家の屋根に上がった。

　甍《いらか》の波が、月光を弾《はじ》いて美しい。

二軒《けん》向こうの屋根の上に、黒い弓を手にした小柄《こがら》な影法師《かげぼうし》がいた。
その射手は、忍者のそれに似た黒装束《くろしょうぞく》を着ている。覆面《ふくめん》で、顔を隠していた。
弓も矢も黒いのは、夜の闇に溶けこむためだろう。
竜之介は屋根の上を走って、その射手に迫る。
「っ！」
そいつは、竜之介の方を向いた。
素早く背中の矢筒《やづつ》から黒矢を取って、射かける。
が、竜之介は鮮《あざ》やかな抜き打ちで、その矢を切り落とした。
そして、素早く間合《まあい》を詰《つ》めて、第三の矢を射ようとしていた射手の前まで来る。
射る暇《いとま》がないと察した射手は、身を翻《ひるがえ》して逃げようとした。
竜之介は、その背中に大刀《だいとう》を振り下ろす。
峰打ちではない。背負《せお》っている矢筒を、切断しようとしたのだ。ところが、
「あっ」
射手が瓦に足を滑《すべ》らせたので、竜之介の目算が狂った。
刀は、黒装束の背中から腰の部分を、斜めに斬《き》り裂いてしまう。
真っ白な背中、そして、丸い臀《しり》から太股《ふともも》にかけてが、丸見えになった。

「きゃあっ」

射手は、悲鳴《ひめい》を上げた。

「そなた、女か！」

さすがに、竜之介は驚いた。

その時、弦音が別の方向から響いた。

通りの反対側の屋根の方から、黒矢が飛来する。

危《あや》うく、竜之介は身を低くして、その矢をかわした。並の兵法者《ひょうほうしゃ》なら、反応が遅れて、首を射貫《いぬ》かれていただろう。

「しまった、仲間がいたのかっ」

その隙《すき》に、第一の射手は、屋根から下の路地に飛び降りた。そして、路地を走り去る。

それを見届けた上で、通りの向こうの第二の射手も、素早く姿を消した。

「逃したか……」

溜息《ためいき》をついて、竜之介は納刀《のうとう》する。

「女ながら弓の名手……何者であろう」

仕方なく――竜之介は、元の殺人現場へ戻った。

するとと、お新と花梨が、数名の若い武士に囲まれているのが見えた。

しかも、後ろ手に縛《しば》られているではないか。

「あっ、竜之介様っ」

お新は、竜之介を見て、ほっとした表情になる。

「どうしたのだ、お新っ」

「こいつら、あたしたちが、この人を殺したって言うんだよっ」

憤懣《ふんまん》やる方ないという顔で、花梨が言った。

花梨一人だけなら、逃げることも闘《たたか》うことも出来たはずた。

しかし、お新の身を案じて、無抵抗で縛られたのだろう。

「貴様も、庄田慎次郎《しょうだしんじろう》を殺した刺客《しかく》の仲間かっ」

その武士たちの頭格《かしらかく》らしいのが、大刀の柄《つか》に手をかけて、竜之介を睨《にら》みつけた。

「わしもその娘たちも、たまたま通りかかった旅の者だ。刺客などではない。二人の縄を解《と》いてくれ」

縛られたお新と花梨を見た瞬間、激怒した竜之介は、大刀の柄に手をかけそうになったが、意志の力で押さえつけていた。

土佐藩の藩士らしい者たちと、いきなり、刃《やいば》を交えるわけにはいかない。

「往生際《おうじようぎわ》が悪いぞっ」

「嘘ではない。曲者《くせもの》は、あそこから黒い弓を遣《つか》った。わしは捕《つか》まえようとしたが、あちらに仲間がいて、逃げられてしまったのだ」

第一の射手と第二がいた屋根の上を指さして、竜之介は、辛抱強く説得する。

「わざわざ遠くから弓で射た刺客が、死体のそばに、のこのこと近づくわけがなかろう」

「む……」

武士たちは、顔を見合わせた。

「そなたの言うことにも、一理《いちり》ある」

考えこむ様子で、頭格の武士が言った。

「俺は、若者組のまとめをしている、加納大左衛門《かのうだいざえもん》という者だ」

「わしは浪人で、松浦《まつうら》竜之介という」

竜之介は、軽く会釈《えしやく》をする。

加納の話によれば――ここ半月の間に、三人もの土佐藩士が黒い矢で殺されているという。

町奉行所の役人たちは必死で探索したが、下手人《げしゆにん》の目星はつかない。

そこで、若侍の有志が集まって、夜回りをしていたのだった……。

「庄田は、あまり評判の良い男ではなかった……しかし、黒矢の四人目の犠牲者となって、庄田がここに横たわっている以上、同じ土佐藩士として、我らも、この二人を簡単に解き放すことはできぬ」

「では、どうしろと申すのだ」

うんざりした顔で、竜之介は言った。

「お主が見たという黒い弓の刺客を、捕まえてきてもらおう」

「なにっ」

竜之介は驚く。

「その刺客を見たのは、お主だけだからな。期限は、明日の夕刻まで。この女たちは、この加納大左衛門の屋敷に預《あず》かっておく」

「そんな無茶な……右も左も分からない、初めての土地なのにっ」

花梨が抗議した。今にも、縄抜けをして暴れそうな気配《けはい》である。

「仕方がない」

これほど石頭揃《いしあたまぞろ》いで理不尽《りふじん》なことを言うのでは、黒扇《こくせん》の葵《あおい》の紋《もん》を見せるしかない――と竜之介は考えた。

「実は、わしは…」

竜之介は、帯の前に差した黒扇を抜こうとした。だが、

「あっ」

思わず、叫び声を上げてしまう。何と、黒扇がないのだ。

「これは、どうしたことだ……」

竜之介は、あてて周囲を見まわす。

「如何《いかが》いたした」

訝《いぶか》しげに、加納が訊《き》いた。

「いや、なに」

金色の三葉葵の紋を打った黒扇は、将軍家代人《だいにん》の証《あか》しである。

それが無ければ、竜之介が何をどう弁解しても、信じては貰《もら》えないだろう。

大坂《おおさか》の西町奉行・石井《いしい》豊後守《ぶんごのかみ》なら、竜之介の本当の身分を知っている。

だが、船で大坂に問い合わせても、返事が来るまで何日かかるか、わからない。

それに、将軍家斎《いえなり》から下された黒扇を紛失したこと自体、大問題である。

「竜之介様。無くしちゃったの……あれを？」

穏《おだ》やかな言い方で、お新が訊いた。

「うむ……確かに、先ほどまでは、ここに差していたのだが……」

竜之介は首を捻《ひね》る。

「こいつ、妙な芝居をして、誤魔化《ごまか》す気じゃないのか」

「少し、痛めつけてやろうかっ」

再び、若者組の態度が険悪になった。

加納が、彼らを制して、

「よいか。潔白《けっぱく》を証明したければ、お主の言うその刺客というのを、俺の屋敷に連れてこい」

「――よかろう」

竜之介が頷《うなず》いたので、

「えっ？」

花梨も、お新も、驚いた。

「ただし……」

その左腰から、白い閃光《せんこう》が鞘走《さやばし》る。そして、鐔音《つばおと》高く納刀した。

ややあって――近くにあった常夜燈が、斜めに切断されて、倒れた。

「う……」

あまりにも鮮やかな腕前に、若者組の藩士たちは、愕然《がくぜん》とする。

「言っておくが――」

竜之介の声には、無視しがたい凄《すご》みがあった。

「その二人は、丁重《ていちょう》に扱って貰う。特に、その花梨は無類の食いしん坊だから、菓子を沢山《たくさん》、食べさせてやれ」

「わ、わかった」

気圧《けお》されたように、加納は頷く。

「二人とも、わしが迎えに行くまで、大人しく待っているのだぞ。決して、早まったことをしてはならぬ……よいな」

後半は花梨に向けて、竜之介は、言い聞かせた。

加納の要求は不可能に近い超難題なのだが、竜之介には、何か勝算があるようであった。

「わかったよ」

「早く迎えに来てね、竜之介様」

花梨とお新が、交互に答える。彼を信頼しきった表情であった。

「うむ」

笑顔で頷いてから、竜之介は踵《きびす》を返して、歩き去った。

その背中を、じっと見つめていた加納が、

「──仙吉《せんきち》」

そう呼ぶと、近くの路地から、初老の町人が出て来た。

職人のような身形《みなり》だが、どことなく抜け目のない顔つきをしている。

加納の前に来て、仙吉は、無言で頭を下げた。

「わかっておるな」

「へい」

仙吉は頷いた。ほとんど足音を立てずに、竜之介のあとを追う。

人を尾行《つけ》ることに、慣れている歩き方であった。

三

城下町の南を流れる鏡《かがみ》川の畔《ほとり》に、土塀《どべい》に囲まれた屋敷が建っている。

高知《こうち》城を中心として内堀に囲まれた地域を郭中《かちゅう》と呼び、その西側を上《かみ》町、東側を下町《しも》と呼んだ。

下町は町屋が並んでいるが、その屋敷の主《あるじ》は町人ではなかった。

屋敷の庭には、母屋《おもや》と渡り廊下で繋《つな》がれた離れ座敷がある。

その座敷には、黒装束《くろしょうぞく》の長身の女が、瞑目《めいもく》して座っていた。

覆面《ふくめん》はしていない。鼻筋の通った美女であった。

この女――小田切《おだぎり》三姉妹の長女で、観月《みづき》という。年齢は二十四歳だ。

「――」

観月は、静かに目を開いた。すると、

「――姉上」

「ただ今、戻りました」

襖《ふすま》の向こうから、二人の女の声がする。

「入りなさい」

観月が言うと、音もなく襖が開いて、黒装束の二人が入って来る。

それは、小田切家の次女・睦月《むつき》と三女・皐月《さつき》であった。睦月は二十一歳で、皐月は十九だ。

観月は、睦月の斬《き》り裂《さ》かれた背中を見て、厳しい顔つきになる。

「どうした、睦月。その背中は」

睦月は、覆面を外《はず》しながら、

「申し訳ございません、姉上。妙な浪人者に、邪魔立てされまして」

「浪人者……？」

眉《まゆ》をひそめる、観月だ。

これも覆面を外した皐月が、取りなすように、

「ご安心ください、姉上。睦月姉上は、見事に相手を仕留《しと》められました」

姉妹だけあって、三人は、よく似ていた。三人とも、きりっとした顔立ちである。

「そうか……よしっ」

観月は立ち上がった。妹たちも、立ち上がる。

そして、彼女たちは黒装束を脱いで、全裸になった。

三人とも引き締まった肉体で、並の武家娘とは異なる鍛《きた》え方をしていることがわかる。

座敷の隅に、折り畳《たた》んで重ねられた着物や帯があった。

美月たちはそれを着て、髷《まげ》を整えた。

そして、離れの座敷から出た。観月を先頭に、渡り廊下を母屋に向かう。

居間《いま》の前で、三人姉妹は座った。

「──戻りましてございます」

観月が、障子《しょうじ》越しに声をかけると、

「おう。入るがよい」

中から、横柄《おうへい》な口調で返事がある。

三人は居間に入り、声の主の前に正座した。

観月が先頭で、その斜め後ろに睦月と皐月が座り、しとやかに手をついて、頭《こうべ》を垂《た》れる。

床《とこ》の間を背に、手酌《てじゃく》で飲んでいるのは、脂《あぶら》ぎった顔つきの中年の武士だった。

恰幅《かっぷく》が良く、その着ている物から、身分の高いことがわかる。

この屋敷の主であった。

「御家老様。庄田慎次郎は、睦月が、たしかに仕留めましてございます」

観月が報告をした。

「そうか」

土佐藩の家老・五十嵐民部《いがらしみんぶ》は、満足げに頷《うなず》く。そして、盃《さかずき》を差し出して、

「よし、前祝いじゃ。その方たちも一杯やれ」

「御家老様。わたくしどもとの約束は、お忘れではございますまいな」

観月は、きっと鋭《するど》い表情になる。

「此度《こたび》の使命を首尾《しゆび》良く成し遂《と》げた暁《あかつき》には、我が小田切家に婿《むこ》を迎えて、弓術《きゆうじゆつ》指南役に抜擢《ばつてき》してくださる——というお約束を」

「わかっとる、わかっとる」

民部は適当に返事をして、肴《さかな》を口に入れた。

「この鯨《くじら》の味噌《みそ》焼きは、旨《うま》いぞ。がははは」

「…………」

「…………」

睦月と皐月は、不快感を露《あら》わにして、顔を見合わせる。

五十嵐民部は、好色で下品な表情で、酒を勧める。

「さあ、観月。飲め」

「今夜も、わしが、たっぷりと可愛がってやるからな」

その頃——松平竜之介は、下町の小さな家の戸を叩いていた。すると、

「誰だね、こんな夜中に」

中から、白髪の老婆《ろうば》が顔を突き出す。

「嫁さんが産気《さんけ》づいたのかい」

「夜分に済まぬが」と竜之介。

「産婆《さんば》の元締《もとじめ》をやっている、お杉《すぎ》だな」

お杉は、相手が美男浪人だったのに驚いた。

「は、はい……」

恐縮して、頭を何度も下げる。

竜之介は声を落として、

「少し、聞きたいことがあるのだが――」

四

郭中の西にある上町――その外《はず》れにある古くて小さな屋敷に、小田切睦月は、一人で帰宅した。
深夜である。睦月は疲れ切った顔で、溜息《ためいき》を洩《も》らした。

今頃は、姉の観月と妹の皐月が、五十嵐民部に淫靡《いんび》で酷《ひど》い奉仕《ほうし》を強《し》いられているかと思うと、胸が重くなる。

刺客《しかく》をやり遂《と》げた睦月は、家老の閨《ねや》の相手を免除されたのであった。

「——五助《ごすけ》？　寝ているのかしら」

玄関を上って座敷に入りながら、睦月は首を捻《ひね》った。

いつもなら、姉妹がどんなに遅く帰っても、忠実な下男《げなん》の五助が、起きて待っているはずなのだ。

と、隣の座敷から、すっと入って来た人影がある。

若殿浪人・松平竜之介であった。

「何者っ」

竜之介を睨《にら》みつけた睦月だが、はっと気づいた。信じられない——という表情になり、

「その方《ほう》は……っ！」

急いで、懐剣《かいけん》に手をかける。

「どうやら、この顔に見覚えがあったようだな。わしは松平…いや、松浦竜之介という。下男は騒がないようにさせただけだから、心配せずともよい」

竜之介は、微笑した。

気の毒だが、忠僕《ちゅうぼく》の五助は当て落として、縛《しば》ったまま納戸《なんど》に閉じこめてある。

「どうして、ここがわかったのだっ」

懐剣の柄《つか》を握って、睦月は問う。

「知っているか——そなたの臀《しり》の右上に、梅の花のような小さな痣《あざ》がある」

睦月の背中を斬《き》り裂《さ》いた時、竜之介は、その痣を見ていたのだ。

「産婆《さんば》の元締《もとじめ》に聞いた。二十年くらい前に、武家の娘で、そのような痣のある赤ん坊を取り上げたことはないか——とな。それで、小田切睦月という名が、判明した」

この手がかりがあったからこそ、竜之介は、黒弓の刺客を連れて来い——という理《り》不尽《ふじん》極《きわ》まる加納大左衛門の要求を、受け入れたのであった。

ちなみに——屋台の老爺《ろうや》に産婆のことを尋《たず》ねる前に、竜之介は、例の天水桶《てんすいおけ》の辺りを捜《さが》して見たのだが、黒扇《こくせん》は落ちていなかった……。

「むむ……」

青ざめていた睦月の顔が、臀の細部まで見られていたという羞恥《しゅうち》と怒りで、赤くなった。

「とおっ」

懐剣を抜くと、夢中で突きかかる。

竜之介は、彼女の右手首を手刀《てがたな》で打った。懐剣が畳の上に落ちる。

そして、竜之介は、睦月の右腕を背中側に捩《ねじ》った。

「うっ」

関節を極《き》められて、睦月は動けなくなる。

竜之介は、その耳元に優しい口調で、

「屋敷の中を見れば、貧《まず》しくとも武家の誇りを失わずに、慎《つつ》ましく暮らしている様子……それなのに、女の身で刺客になるとは、よほどの事情があるのだろう」

「………」

「事情を話してみるがいい。わしで良ければ、力になってやるぞ」

それを聞いた睦月は、急に大粒《おおつぶ》の涙をこぼした。

竜之介が、固めていた関節を緩《ゆる》めてやると、

「松浦様っ」

睦月は、彼の広い胸に取りすがる。

そして、感情の堰《せき》が切れたかのように、わっと泣き出した。

「うむ……本当に辛《つら》い時には、泣いても良いのだ。いかに己《おの》れを律《りつ》すべき武家の娘とはいえ、所詮《しょせん》は、人の子なのだからな」

竜之介は彼女の背中を優しく撫《な》でながら、好きなように泣かせてやる。

すると、少し落ち着いたらしい睦月は、涙に濡《ぬ》れた顔を上げて、

「松浦様、わたくしを罰してくださいまし。罪深いわたくしを、思い切り犯してっ、嬲《なぶ》りものにしてっ」

善良すぎて、女人に頼み事をされると断れないのが、松平竜之介である。

「よし、よし。わしが、存分に犯してつかわす」

竜之介は、睦月を横たえた。そして、帯を解《と》いて、着物を脱がせる。

裸になった睦月は、両手で顔を隠した。

身につけているものは、髪飾りと白い足袋《たび》だけである。

腕を伏《ふ》せたような胸の乳輪は、紅《べに》色をしていた。

恥毛《ちもう》は亀裂《きれつ》の上部に、ほんの一摘《ひとつま》みだけ生《は》えている。花園は、珊瑚《さんご》色をしていた。

自分も着物を脱いで全裸になった竜之介は、睦月の下肢《かし》を開いた。

そして、自分の肉根を摑《つか》んで、擦《こす》り立てる。

たちまち、男根は逞《たくま》しく屹立《きつりつ》して、黒い巨砲となった。

竜之介は、その丸々と膨《ふく》れ上がった先端を、睦月の珊瑚色の亀裂に擦りつける。

「あっ……」

睦月の軀《からだ》が、ぴくっと震《ふる》える。二つの乳房が揺れた。

両目を覆《おお》って視覚を閉ざしているので、熱い巨根が秘部に接触した感覚が、倍加されたのだろう。

だが、睦月は、男根の愛撫《あいぶ》から逃れようとはしなかった。竜之介の為《な》すがままに、なっている。

竜之介は、何度も何度も亀裂を押しては引き、引いては押した。

それを繰り返しているうちに、亀裂の奥から花蜜が湧き出して来る。

そして、皮を被《かぶ》っていた肉芯《にくしん》が、充血して膨れ上がり、顔を出した。

その淫核《いんかく》を、玉冠部《ぎょつかんぶ》の切れこみで擦ってやると、

「ひゃァあっ」

鋭《するど》い快感に、睦月は全身をわななかせる。

もはや、これ以上の愛撫は不要のようであった。

竜之介は、睦月の長い足を、膝が乳房に密着するほど、深く折り畳《たた》む。

臀が天井を向いて双丘《そうきゅう》が割れ、花園だけではなく、蜜柑《みかん》色の後門まで丸見えになった。

襁褓《おしめ》を交換する時の格好《かっこう》なのだ。

そして、竜之介は、ずぶり……と二十一歳の花孔《かこう》を貫《つらぬ》いた。

「――オォォっ！」

あまりにも長大な肉の柱に貫かれて、睦月は悲鳴《ひめい》を上げた。

女の両足を肩に担《かつ》いだ屈曲位《くっきょくい》で、竜之介は、緩やかに動きながら、睦月の反応を見る。

「お、巨《おお》きい……巨きすぎますぅぅ……御家老様とは全然、違う……」

睦月は喘《あえ》ぎながら、言った。

「殿方のものは、みな、このように巨きいのですか」

「さて……わしのは、他の者よりも少し巨きいかも知れんな」

竜之介は、曖昧《あいまい》に答えた。

「でも、羞かしいところを奥の奥まで征服されて……何だか、嬉しゅうございます。御家老様に抱かれる時は、いまわしいだけですのに……」

緩やかな律動《りつどう》に身をゆだねて、睦月は幸福そうに言う。

「でも——松浦様は、嘘をつかれましたな」

急に、竜之介を軽く睨《にら》む真似《まね》をした。

「はて……そうであったか」

腰の動きを止めずに、竜之介は首を捻《ひね》った。

「そうです。存分に犯してやる——そう仰《おつしや》いました」

「うむ、そうであった」

「ですから……もっと、荒々しく責めて嬲っていただいても、構いませんのよ……ひあっん……罰して…罰していただくのですから」

被虐願望《ひぎやく》があるのか、睦月は、男根で責め嬲られることに拘《こだわ》った。

「左様に申すのであれば、わしも武士だから、前言を翻《くつがえ》すわけにはいかんな」

竜之介は上体をおこして、睦月の足首を摑《つか》んだ。Ｖの字を描くように、女の両足を持ち上げる。

そして、腰を落としたまま、両膝と爪先《つまさき》の四点で立った。

「では、睦月。参るぞ」

「は、はい……」

竜之介は、大胆に腰を動かす。

濡れそぼった紅色の花園に、長大な巨根が力強く出没した。

その摩擦《まさつ》で捏《こ》ねくりまわされた愛汁《あいじゅう》が、白く泡立《あわだ》って飛び散る。

「ふ、あ、あああァァ……っ！」

自《みず》ら望んだ肉の懲罰《ちょうばつ》であったが、快楽と苦痛が混じり合った刺激のあまりの強さに、睦月は悲鳴を撒《ま》き散らした。

それでも、いつの間にか、自分から臀《にょつぼ》を揺すり立てていた。

貪欲に、竜之介の男根を、少しでも女壺《にょつぼ》の奥まで呑みこもうとする。

「牝犬《めすいぬ》……睦月は…愚《おろ》かな淫《みだ》らな牝犬でございます……っ」

下に敷いた小袖《こそで》を両手で握り締めて、睦月は喚《わめ》いた。

「魔羅狂いか」

雄々《おお》しく責めながら、竜之介は訊《き》いた。

「はい……松浦様の特大の御破勢に狂った…魔羅狂いの淫奔《いんぽん》で好色な女ですっ」

御破勢——ＯＨＡＳＥとは、男根の俗称である。

「では、魔羅狂い牝犬女を、わしが最期まで逝《い》かせてやろう」

怒濤《どとう》の勢いで、竜之介は、二十一歳の女壺を突いて突いて突きまくる。

「〜〜〜〜アァァァっ！」

った。

睦月は生まれて初めて、絶頂に達した。

家老の五十嵐民部に弄《もてあそ》ばれた時には、決して感じたことのない喜悦《きえつ》の境地であった。

竜之介は、その収縮する肉襞《にくひだ》の奥に、大量に聖液を吐出する。

そして、睦月の足を下ろして、普通に抱き合った。

「――話してくれ、睦月」

十分に快楽の余韻《よいん》を愉《たの》しんでから、竜之介が訊く。

「そなたたち小田切三姉妹には、どういう事情があるのだ――」

# 第九章　剣戟播磨屋橋《けんげきはりまや》

一

「それ、それっ」

五十嵐民部《いがらしみんぶ》は、小田切観月《おだぎりみづき》の髷《まげ》を掴《つか》んだ。

「もっと、喉《のど》の奥まで咥《くわ》えこまんかっ」

鏡川《かがみ》の畔《ほとり》にある民部の別宅――その寝間《ねま》であった。

民部は、全裸の観月の胸の上に跨《また》がって、男根を彼女の口の中にねじこんでいる。

布袋腹《ほてい》の下のそれは、わりと大きい。

そして、これも全裸の妹の皐月《さつき》が、左側から男根の根元を舐《な》めているのだった。

「ん…ぐぐ……」

喉の奥を突かれて、観月は苦しげに呻《うめ》いた。

髻を民部に摑まれているので、観月は、頭を後退させることも顔を背《そむ》けることも、出来ないのだ。

美しい顔が苦悶《くもん》の表情を浮かべるのを見て、民部は、その興奮が最大に高まったのだろう。

「う…出すぞっ」

臀《しり》の肉を痙攣《けいれん》させて、精を放つ。

その瞬間、観月の口から、男根が躍り出た。

「あっ」

民部のものは、観月と皐月の顔を、べとべとに瀆《けが》してしまう。

「ふう……」

散々《さんざん》に姉妹を嬲《なぶ》って、精を放ってしまうと、民部は欲望が消失したようであった。

「何だ、その顔は。見苦しい。二人とも湯殿へ行って、浄《きよ》めてこい。さっさと行けっ」

勝手極《きわ》まる家老の言葉に、

「………」

「………」

黙って頭を下げた小田切姉妹は、裸の肩に肌襦袢《はだじゆばん》を纏《まと》って、退出した。

「ふん、少し喉が渇《かわ》いたな」

夜具の脇に置いた膳《ぜん》の上から、裸の民部は、銚子《ちようし》を手にした。

行儀《ぎようぎ》の悪いことに、銚子の注《つ》ぎ口から直《じか》に冷めた酒を飲む。

その時、廊下に人の気配《けはい》があった。

「お前たち、もう戻ったのか……？」

民部が不審げに顔を上げると、いきなり、障子《しようじ》が蹴《け》り倒される。

「あっ、奥山《おくやま》ではないかっ」

土足で飛びこんで来たのは、血相《けつそう》を変えた土佐《とさ》藩士の奥山有吾《ゆうご》であった。右手に、抜身《ぬきみ》を下げている。

全裸の民部は、藻《も》掻《が》くようにして、刀掛けに飛びつこうとした。

が、奥山の刃《やいば》が、その鼻先に突き出される。

「う……」

四《よつ》ん這《ば》いの不様《ぶざま》な格好《かつこう》で、民部は動けなくなった。

「聞いたぞ、庄田慎次郎が、黒い矢で射殺《いころ》された――と」

「……」

「これで、黒矢で殺されたのは四人目だ。その前は、三宅隼人《みやけはやと》。その前が、明智《あけち》小六《ころく》。そして、最初に殺されたのが、古屋哲之助《ふるやてつのすけ》……みんな、あの事件の仲間ではないか。残っているのは、俺と平賀又市《ひらがまたいち》だけだっ」

「……」

「弓の刺客《しかく》を雇《やと》ったのは、御家老、貴方《あなた》ですな。次は、私か平賀を始末するつもりでしょう、あの事件の口封じのためにっ」

「お、奥山、声が高い」

民部は、無理に笑みを作って、

「お主は、何か誤解しておるようだ」

「誤解ですと？」

「そうだ。わしもな、あの黒矢の連続殺人については、気にしていたのだ。もしかしたら、蔵《くら》奉行の遺族の仕業《しわざ》ではなかろうか――と」

必死で言い繕《つくろ》う、民部だ。

「笑わせるな。蔵奉行の夏木《なつき》章右衛門《しょうえもん》の妻子は、追放処分になって野垂《のた》れ死《じ》にしたわ。幽霊が弓矢を担《かつ》いで仇討《あだう》ちに来た――とでもいうのか」

「いや、だから、親族の誰かが……」

「うるさいっ」

奥山有吾は、民部の腰を蹴《け》った。

「わっ」

五十嵐民部は、寝間の隅まで転がってしまう。

「御家老、俺は脱藩する。貴方を膾斬《なますぎ》りにして、手文庫《てぶんこ》の金を奪ってからな」

「待ってくれ。金でも何でもやるから、命だけは助けてくれっ」

小田切三姉妹との関係を秘密にするために、この屋敷には家来がいない。

朝になれば、郭中《かちゆう》から家来たちがやって来て、民部を駕籠《かご》で郭中へ運ぶのだ。

湯殿は遠いので、小田切姉妹は、この騒ぎに気づかないようであった。

民部は、畳に額《ひたい》をこすりつけて、命乞《ご》いをする。

「見苦しい。それが、土佐藩二十二万石《ごく》を乗っ取る――という大望《たいもう》を抱いた男の姿とは」

その時、

「――幾《いく》ら出す」

庭の方から、声がかかった。

「ぬっ?」

奥山は、あわてて振り向いた。

石灯籠《いしどうろう》に照らされて、痩身《そうしん》の男が立っている。

袴《はかま》に袖《そで》無し羽織《はおり》という姿で、首から真紅《しんく》の襟巻《えりまき》を垂《た》らしている。そして、頭に藍《あい》色の目出し頭巾《ずきん》を被《かぶ》っていた。

腰に差しているのは、直刀だけである。

「何者だっ」

奥山は、吠《ほ》えるように誰何《すいか》した。

声を聞くまで、奥山は、その男の気配に気づかなかったのである。

「鬼印《きじるし》――」

目出し頭巾の男は言った。

「き…きじるし、だと?」

「俺の顔には、鬼《おに》の印《しるし》が刻《きざ》まれている。それゆえ、名は鬼印という」

男は、五十嵐民部を見て、

「命を助けてやろう。それで、幾ら出す」

「百…いや、五百両《りょう》出すから、こいつを殺してくれっ」

股間《こかん》のものを剝《む》き出しにしたまま、民部は叫んだ。

「こいつ、卑劣《ひれつ》なっ」

奥山が、家老に斬りかかろうとした時、鬼印の右手が動いた。

腰の後ろに隠し持っていたものを、ひゅっと振る。

それは、革製の南蛮鞭《なんばんむち》に無数の鉄の刺《とげ》をつけた〈刺鞭《しべん》〉であった。

宙を舞った刺鞭は、生きもののように奥山の首に巻きつく。

「ぐへっ」

刺がくいこんで、喉全体を締めつけられた奥山は、呼吸が出来なくなった。大刀《だいとう》を取り落とす。

さらに、鬼印が刺鞭を強く引くと、奥山の首が胴体から引き千切《ちぎ》られた。

ぎざぎざの傷口から天井に血の柱を噴《ふ》き上げて、奥山の軀《からだ》は仰向《あおむ》けに倒れる。

鬼印は、刺鞭を一振《ひとふ》りして、奥山の頭部を庭に捨てた。

「御家老。五百両を忘れるなよ」

「わ、わかった……」

命は助かったものの、凄惨《せいさん》な殺しの現場を眼前にして、五十嵐民部は、畳を濡《ぬ》らしていた。失禁したのである。

「女どもは追い返せ」鬼印は言う。

「男同士で、ゆっくりと談合をしようではないか――」

二

「こ……この土佐藩の家臣は、上士《じょうし》と下士《かし》に分かれており……我が小田切家は下士の家柄《いえがら》でございます……」

喘《あえ》ぎながら、睦月《むつき》は話す。

小田切屋敷の座敷で、全裸の睦月は四《よつ》ん這《ば》いになっていた。

そして、竜之介の巨根に臀《しり》の孔《あな》を犯されている。

睦月が、それを望んだのであった。

「わたくしども三姉妹は、御家老に操《みさお》を奪われました。男のものも、咥《くわ》えさせられました。わたくしは、生娘《きむすめ》の軀《からだ》で竜之介様に抱いていただけなかったことが、口惜《くや》しい……ですから、最後に残った後庭華《こうていか》を、竜之介様に犯していただきたいのでございます」

後庭華――唐土《もろこし》の淫語で、後門の意味である。

「それが睦月の望みなら、叶《かな》えてつかわす」

——というわけで、睦月は犬這いになり、竜之介は女門に巨根を抽送《ちゅうそう》しながら、蜜柑《みかん》色の排泄孔《はいせつこう》を愛撫《あいぶ》した。

そして、後門括約筋《かつやくきん》が十分に解《ほぐ》れたところで、たっぷりと秘蜜にまみれた男根を、睦月の臀の孔に挿入したのである。

極限まで拡張された蜜柑色の後門に、黒光りする男根が出入りする様《さま》は、途方もなく淫《みだ》らで扇情《せんじょう》的であった。

睦月の臀の右上には、やはり、梅の花のような痣《あざ》がある。

「たしか——山内《やまうち》家が土佐に入封する時に連れて来た家臣が上士で、その前の領主であった長宗我部《ちょうそかべ》家の家臣たちが下士であったな。下士は冷遇されている——という話は、わしも聞いたことがある」

竜之介は穏《おだ》やかな表情で、二十一歳の臀を犯しながら、言った。

「はい……あ、あァァんっ」

被虐嗜好《ひぎゃくしこう》の強い睦月は、早くも後門性交の快感に目覚めているようだ。

「わ…わたくしどもの先祖は、長宗我部様の頃には、小田切流弓術《きゅうじゅつ》の名人として尊敬されておりました……しかし、曾祖父《そうそふ》も、祖父も、父の小田切兵衛《ひょうえ》も御役《おやく》につけず、父は先月、無念のまま死去……まだ、姉の観月が婿《むこ》をとっていなかったので、後継のいない我が家は取り潰《つぶ》されるところでした。ところが――」

家老の五十嵐民部から、ある申し出があった。

その申し出を受けるなら、小田切家の取り潰しは棚上《たなあ》げとし、良い入り婿を世話して家名が存続出来るようにし、さらに、弓術指南役として推挙する――という夢のような条件なのだ。

「その申し出とは、小田切流弓術の腕を活《い》かして、刺客《しかく》になれというのだな」

息子のいない小田切兵衛は、流派を存続させるために、三人の娘たちに厳しく弓術を教えこんだ。

姉妹は、その修業によく耐えて、並の武士には及びもつかぬほどの弓術の射手《いて》となったのである。

民部が殺せと命じた六人は、土佐藩の現藩主である山内豊資《とよすけ》の暗殺を企《たくら》んでいるのだという。

豊資侯《こう》は、五十嵐民部がお気に入りで、彼の巧《たく》みな勧めで酒池《しゅち》肉林《にくりん》に溺《おぼ》れ、藩政を顧《かえり》みない。

「そのため、有志の六人が集まり、豊資様を暗殺して、支藩から新しい藩主を迎える——という不忠極《きわ》まる企みをいだいているのだ」

民部は三姉妹に、そう説明した……。

「愚《おろ》かなっ」

臀の孔の奥まで、ずずんっ……と強く突かれて、

「あひィっ」

睦月は仰《の》けぞった。

「考えてもみよ、睦月」と竜之介。

「女のそなたたちを刺客として利用するだけではなく、操まで奪った者が、悪党でなくて、何だ」

「……」

「その悪党が、家名存続や推挙の約束を守ると思うか。六人を始末し終えたら、そなたたち三人を、口封じのために殺そうとするだろう」

睦月は怯《おび》えて、臀肉を震《ふる》わせる。

「で、では、わたくしたちは……どうすればよいのでしょう」

「しっかりせいっ」

竜之介の男根が、さらに一《ひと》突きした。

「ひィあっ」

睦月は、叫び声を上げた。

石のように硬い巨根で、強く深く臀の孔を突かれる度《たび》に、花園からは熱い愛汁《あいじゆう》が滴《したた》り落ちる。

やはり、睦月は本物の被虐嗜好者《マゾヒスト》なのであった。

「豊資候暗殺の話は、たぶん、まやかしだろう。すると……民部は、何のために、その六人を殺したいのか」

「その六人の方々は、今は別の御役についていますが、以前は、蔵奉行様の下役でした」

竜之介は、腰を使いながら、

「蔵奉行……金蔵を管理する役目だな」

「はい……三年前に、当時の蔵奉行の夏木様がご自害なさったので、今は、御家老様の腹心《ふくしん》の部下といわれる渋谷《しぶや》英之進《ひでのしん》様が、蔵奉行をなさっておられます」

「その夏木という蔵奉行は、どうして、自害などしたのだ」

「何者かに、金蔵を破られたのでございます……おおァっ」

藩金の五千両《りよう》が金蔵から消えて、その下手人《げしゆにん》の目星もつけられなかったので、責任をとって夏木章右衛門は切腹《せっぷく》したのだという……。

「ふうむ」

竜之介は考えこみながらも、睦月の臀肉を鷲《わし》づかみにして、締まりの良い排泄孔を責める動きは続けていた。

「で、五十嵐民部は、どこにおるのか」

睦月は、あまりの快感に身を捩《よじ》りながら、

「べ……別宅で姉と妹を弄《もてあそ》んでから、朝には、播磨屋橋を渡って、郭中へ帰るはず……ううぅあっ」

ついに、臀孔責《ぜ》めで、悦楽《えつらく》の頂点に達してしまう。

「播磨屋橋……か」

暗黒の狭洞《きょうどう》に聖液を射出しながら、竜之介は呟《つぶや》いた。

三

早朝――鏡川沿いを西に向かってやって来た立派な武家駕籠《かご》が、唐人《とうじん》町の角を右へ曲がって、通りを北へ向かう。

その駕籠の脇には、護衛《ごえい》の家来が十名ほどついていた。

そして、その後方に数間《すうけん》の距離を置いて、編笠《あみがさ》を被《かぶ》った鬼印がついてゆく。

駕籠の中には、五十嵐民部の姿があった。

奥山有吾に襲撃されながら、九死に一生を得た民部は、にやにやと嗤《わら》いながら、呑気《のんき》なことに昨夜の房事《ぼうじ》を思い出していた。

「姉妹を同時に抱く味わいは、また格別。あの小田切三姉妹、後で始末するのが惜《お》しいほどよ。ふふふ……」

前方の堀割には、緩《ゆる》く湾曲した桁橋《けたはし》が南北に架《か》かっていた。欄干《らんかん》は赤く塗られている。

これが、播磨屋橋だ。

その播磨屋橋を駕籠が渡り始めた時、北の方から近づいて来た人影があった。

「おい。何をしとるか、貴様っ」

先頭の家来が、足早にその人物に近づいて、

「御家老、五十嵐民部様の御駕籠先だぞ。退《の》け、早く退け、素《す》浪人めっ」

その浪人者――松平竜之介は、ものも言わずに、その家来を欄干の向こうへ投げ飛ばす。

「うわあっ」

そいつは堀割に落ちて、白い水柱が派手に立った。

「うっ、何者っ⁉」

家来たちが、一斉《いっせい》に大刀《だいとう》を抜いた。

「何者とは不粋《ぶすい》なことを申す。わしは、邪悪と不正を許せぬ漢《おとこ》だっ」

竜之介は叫ぶ。

「その駕籠の中の古狸《ふるだぬき》……出て参れっ」

「斬《き》れっ、この無礼者《ぶれいもの》を、早く斬り捨ていっ」

駕籠から顔だけ突き出して、民部は喚《わめ》いた。

「おおっ」

家来たちが一斉に斬りかかるが、竜之介の峰打ちで次々に倒される。

駕籠を担いでいた轎夫《きょうふ》たちは、あわてて逃げ出した。

竜之介は、駕籠に近づく。

「ええいっ」

激烈《げきれつ》な気合《きあい》もろとも、駕籠を一刀両断にした。

ただし、中の民部には傷ひとつ、ついていない。

頭をかかえて震《ふる》えていた民部は、はっと気づいて、

「た、助けてくれぇぇっ」

腰が抜けているので、橋板の上を這《は》って逃げようとする。

竜之介が、それに追いすがろうとした時、

「むっ」

ぱっと、竜之介は後方へ跳《と》び退いた。

民部を庇《かば》って、そこに立ち塞《ふさ》がったのは、編笠を捨てた鬼印である。

その全身から、激烈な殺気を放っていたのだ。

「久しいな、松平竜之介っ」

鬼印が言う。

「貴様は……？」

「俺を忘れたか。この顔を見ろっ」

目出し頭巾《ずきん》を毟《むし》り取った鬼印の顔には、斜めに大きな傷が走っていた。その傷は、まだ新しい。

「お、御母衣《みほろ》兵部《ひょうぶ》っ！」

竜之介は驚愕《きょうがく》した。

風魔五忍衆《ふうまごにんしゅう》の御母衣兵部は、大坂城《おおさか》の乱戦の時、天守の最上階から落ちて死んだはずであった。

花梨《かりん》からも、沢渡日々鬼《さわたりひびき》が兵部の死骸《しがい》を確認した——と聞いている。

「生きていたのか……」

「予備の鞭《むち》を使って、何とか地面に激突するのだけは、避けた。それでも、こんな怪我《けが》を負《お》ったがな」

鬼印——御母衣兵部は、両眼に業火《ごうか》を燃やしている。まさに、鬼と呼ぶに相応《ふさわ》しい。

「背格好《せかっこう》が似た下忍《げにん》の死体の顔を潰《つぶ》し、俺の装束《しょうぞく》を着せて、身代わりとしたのだ。ここで貴様に逢《あ》ったのは、天佑《てんゆう》……この刺鞭《しべん》で死ね、竜之介っ」

兵部は、刺鞭を竜之介に叩きつける。

危《あや》うく、竜之介は、その一撃をかわした。

すると、打撃を受けた赤い欄干が、まるで巨大な魔獣《まじゅう》に噛《か》みつかれたように、ぎざぎざに削《けず》られて割れた。

「むむ……刺鞭か、恐ろしい武器だ」

腕に絡《から》みつかれれば、腕そのものを捥《も》ぎとられるだろう。

肌を打たれただけで、皮膚どころか肉まで削られるのだ。

しかも、大刀と刺鞭では、間合《まあい》が全《まった》く違う。

兵部は、こちらの刃圏の外から攻撃できるのだ。

「わしに復讐《ふくしゅう》するために、土佐まで追って来て、民部の手先となったのか」

「ふ、ふふふ」

兵部はそれに答えず、勝ち誇ったような嗤いを浮かべる。

双条鞭《そうじょうべん》の遣《つか》い手《て》だった兵部が、右手だけで刺鞭を遣っているのは、竜之介に忍び刀で刺された左腕が、まだ回復していないからだろう。

「次の一撃で、貴様の顔を砕《くだ》いてやるっ」

兵部が、刺鞭を振ろうとする。

その瞬間――竜之介の脳裏《のうり》に、月岡《つきおか》村で手鑓《てやり》を遣う石丸十郎太《いしまるじゅうろうた》と対決した時の光景が、浮かんだ。

（そうだ、鞭の弱点は……っ！）

竜之介は、刺鞭をかわすのではなく、自分から突進した。

鞭の先端をかいくぐり、背中を丸めて、頭から地面に倒れこむ。

そして、一回転して兵部の脇を通り抜けながら、その脇腹を斬《き》り裂《さ》いた。

刺鞭の先端は、虚《むな》しく橋板を割った。

「そんな……手元に飛びこんで来るとは…馬鹿な……」

信じられないという表情のまま、御母衣兵部は倒れた。橋板が血に染まる。

鞭の弱点は、手鐶と同じように、敵が懐《ふところ》に飛びこんで来た時には、対処し難いということであった。

「――――」

立ち上がった竜之介は、橋の欄干に縋《すが》りついている民部に近づいた。

その大刀が、一閃《いっせん》する。

民部の髷《まげ》が、ぽろり落ちて、ざんばら髪になってしまった。

「ひえぇぇ〜っ」

ぺたりと座りこんだ五十嵐民部は、正気《しょうき》を失ったかのように頭を掻《か》き毟《むし》る。

その時、町奉行の雨宮采女《あまみやうねめ》が率いる数十名の捕方《とりかた》の一隊が、播磨屋橋に押し寄せて来た。

「御家老を襲うとは、この慮外者《りょがいもの》めっ」

雨宮奉行は叫ぶ。

「貴様には、昨夜の庄田慎次郎《しょうだしんじろう》殺しの疑いもある。神妙に縛《ばく》につけっ」

「ううむ……」

黒扇《こくせん》を持たぬ竜之介には、この場は不利であった。

まさか、役目に忠実な捕方たちを、斬るわけにはいかない。

「待った、雨宮殿っ」

そこへ現れたのは、若者組の頭《かしら》である加納大左衛門《かのうだいざえもん》であった。

「お、加納殿か」

「その御仁《ごじん》には、黒矢殺人の解決の探索を、俺が頼んでいたのだ」

「それは一体、どういうことで」

雨宮奉行は、困惑する。

「岡《おか》っ引《ぴき》の仙吉《せんきち》に頼んで、この御仁を尾行《つけ》て貰《もら》った。その結果、全ての黒幕は、奸物《かんぶつ》と評判のこの御家老だとわかったのだ」

「何ですと——」

加納大左衛門と雨宮奉行が言い合っているので、竜之介は納刀《のうとう》して、邪魔にならぬように欄干まで退《さ》がろうとした。

すると、何があったのか、わからず、橋を渡ろうとした若い按摩《あんま》と、ぶつかってしまう。

「おっと、済まぬことをした」

「あ、お許しをっ」

相手が武士と知って、怯《おび》える按摩に、

「わしが悪かったのだ。怪我《けが》はないか」

竜之介は穏《おだ》やかな口調で、詫《わ》びた。

ふと見ると、按摩の懐から、黒扇が顔を覗《のぞ》かせている。

「その扇、どういたしたのだっ」

「ああ、これでございますか」

按摩は微笑した。

「昨日の夜更《よふ》けに、佐賀《さが》屋さんの天水桶《てんすいおけ》の前で拾いました。立派な造りのようなので、これから、番屋へ届けようかと思いまして」

それが白扇《はくせん》ではなく特殊な黒扇だとは、按摩なので、気づかなかったのである。

「それは、わしが昨夜、落としたものなのだ」

「ああ、ようございました。では、どうぞ――」

何の疑いもなく、按摩は、黒扇を竜之介に差し出す。

その人柄《ひとがら》に、竜之介は胸を打たれた。

礼を言って黒扇を受け取ると、十両《りよう》の包み金を、按摩の手に握らせた。

「お武家様。これでは、いくら何でも多すぎます」

当惑する按摩に、竜之介は静かに言った。

「わしの気持ちだ。そなたには、本当に感謝している。是非とも受け取って貰いたい」

「では、折角《せつかく》のお言葉なので——有難く、頂戴《ちようだい》いたします」

按摩は腰を折って、深々と頭を下げる。

それから、竜之介は、言い合いをしている加納と奉行に近づいて、

「済まぬが——二人に、見て貰いたいものがある」

「はあ？」

「ん？」

怪訝《けげん》な顔をする加納大左衛門と雨宮奉行に、竜之介は、黒扇を開いて金色の三葉葵《みつばあおい》を見せる。

「………っ⁉」

二人の表情が、凍《こお》りついた。

## 四

松平竜之介の手が、十八歳の乳房を愛撫《あいぶ》している。

「ああ……」

お妙は、甘い溜息《ためいき》を洩《も》らした。

そこは——高知《こうち》城の本丸の一室であった。

播磨屋橋で剣戟《けんげき》があった日の午後——竜之介は、ようやく女衒《ぜげん》の手から解放したお妙《たえ》と、同衾《どうきん》しているのだ。

——松平竜之介が将軍家代人《だいにん》と知って、加納大左衛門も町奉行の雨宮采女も、死ぬほど驚いていた。

その場から、早速《さっそく》、竜之介は丁重《ていちょう》に城内へ案内された。

そして、土佐藩第十一代藩主の山内豊資と対面したのである。

本丸の大広間《おおひろま》——竜之介は、その上段の間に座らされた。

中段の間に藩主の豊資が、下段の間には家臣たちが、這《は》いつくばっている。

竜之介は閉口して、

「いや、このように大げさなことは、せずとも良いのだが……」

酒色荒淫《しゅしょくこういん》のために、目の下に隈《くま》が出来ている豊資は、

「家老の五十嵐民部には、切腹《せっぷく》を申しつけます。わたくしも心を入れ替えて、藩政にあたる決意でありますれば……この度《たび》の不祥事《ふしょうじ》は、なにとぞ、お見逃しをっ」

その場に平伏《へいふく》した。同時に、家臣一同もひれ伏《ふ》す。

「その儀《ぎ》は、ご案じあるな。奸臣《かんしん》が取り除かれて藩政が正されれば、それで良いのです」

竜之介の言葉を聞いて、山内豊資は、心底、ほっとしたようであった。

五十嵐民部が白状したところによると――三年前の金蔵破りは、内部の犯行であった。

つまり、当時は蔵奉行の配下だった庄田慎次郎たち六人が、外部から侵入者があったように見せかけて、五千両《りょう》を盗み出したのである。

指図《さしず》をしたのは、民部であった。

民部は、その事件の責任を蔵奉行の夏木章右衛門一人に押しつけて、自害に追いこんだ。

そして、庄田たちに分け前を与えて、彼らを出世させると、残りの金で他の家

老たちを買収したのである。

民部は筆頭家老に出世して、酒色で豊資が廃人同様になったら、嫡男《ちゃくなん》の豊照《とよてる》に代替わりさせるつもりであった。

幼少の豊照の後見として、民部は、土佐藩を乗っ取るつもりだったのである。

その計画を実行に移す前に、三年前の事件の真相を知っている六人を、小田切三姉妹を騙《だま》して、黒い弓と矢で始末させていたのだった。

無論、六人とも始末できたら、上士を妬《ねた》んだ下士の犯行ということで、小田切三姉妹を連続殺人魔として処刑するつもりであった。

「ところで――小田切姉妹の処分は、どうなりますかな」

「その儀でございますが――」

大目付《おおめつけ》の広瀬《ひろせ》主水《もんど》が言う。

「庄田慎次郎どもは、藩金を盗み、上司の夏木章右衛門を自害に追いこんだ大罪人《だいざいにん》。追放された夏木の妻子は、気の毒にも客死《かくし》しておりますが、小田切姉妹は、彼らに代わって夏木の仇討《あだう》ちをしたようなもの」

「なるほど」

「したがって、四人の殺害に関しては、一切《いっさい》、咎《とが》めず――ということで」

「それだけで、良いだろうか」

「はあ？」

広瀬は顔を上げた。

「仇討ち成就《じょうじゅ》は武士道の花——五十嵐民部は、小田切家の存続と弓術《きゅうじゅつ》指南に取り立てることを、三姉妹に約束していたのだが」

「承知いたしました。その方向で、必ず善処いたしますっ」

あわてて、大目付は平伏した。

立ち上がった竜之介が、

「これにて、一件落着——」

黒扇《こくせん》をかざして葵の御紋《ごもん》を見せると、その場にいる全員が、「へへーっ」とひれ伏す。

それから、雨宮奉行が、小野屋《おの》に宿泊していた女衒の団五郎《だんごろう》とお妙を連れて来た。

お妙の前借証文《しょうもん》を買い取った竜之介は、団五郎の目の前で、それを破り捨てた。

そして、お妙に、祖父の左平《さへい》の遺髪《いはつ》と十両を渡したのである。

すると、お妙は、「山より高く海より深い御恩のあるお武家様に、あたしは何のお礼も出来ません。ですから、あたしの操《みさお》を貰《もら》ってくださいまし」と言い出したのだ。

女性から頼まれたら、断れない性格の松平竜之介である。

お新《しん》は、お菓子の食べ過ぎで腹をこわした花梨の看病で、加納屋敷から出られないという。

そこで、高知城本丸の一室で、お妙の破華《はか》の儀式を行うことにしたのだった……。

竜之介の舌が、薄桃色の乳頭を舐《な》める。それと同時に、右手は無毛《むもう》の亀裂《きれつ》を愛撫していた。

「竜之介様……あたしも、御奉仕《ごほうし》したいです」

息を弾《はず》ませながら、お妙は言う。

「よかろう」

竜之介は、軀《からだ》の向きを逆にした。朱《しゅ》色の花園に唇を押し当てて、亀裂を舐め上げる。

お妙は、まだ柔《やわ》らかい男根を咥《くわ》えた。

互いの性器を、愛情をこめて愛撫する。

すぐに、竜之介のものは猛々《たけだけ》しい偉容《いよう》を見せた。

お妙の花園からも、清浄な愛汁《あいじゅう》が、泉のごとく湧き出て来る。

竜之介は正常位になって、お妙を抱きしめた。

巨根の先端で花園を愛撫して、お妙の軀から緊張が消えたところで、貫《つらぬ》く。

十八歳の処女地を征服されて、お妙は、くぐもった悲鳴《ひめい》を洩《も》らした。

しかし、そこから先は、竜之介が巧《たく》みに快感を盛り上げてゆく。

四半刻《しはんとき》ほどしてから、お妙は、蕩《とろ》けるような官能の頂《いただき》に達した。竜之介も、驚くほど長く吐精する。

二人が抱き合ったまま、余韻《よいん》を嚙《か》みしめていると——襖《ふすま》の向こうに、複数の人間の気配《けはい》があった。

「竜之介様——失礼いたします」

そう言って、襖を開いたのは、美しく着飾った小田切睦月であった。

「おっ、そなたたちは」

睦月の脇に、二人の女が平伏《へいふく》している。

「姉の観月と妹の皐月にございます」

「小田切観月にございます」と長女は挨拶《あいさつ》して、

「此度《こたび》は、竜之介様のご配慮により、わたくしが女の身で、本日ただ今より、土佐藩弓術指南役を命ぜられました。家禄《かろく》は七百石《こく》。夢のようなお話でございます」

「左様か。それは、重畳《ちようじよう》」

竜之介は、お妙と合体したままなのであった。お妙は、顔を背《そむ》けている。

「だが──見ての通り、わしは今、この娘と取り込み中でな」

「それなら、心配御無用にございます」

三人は、立ち上がった。

「我ら三姉妹、今より、竜之介様にお礼をさせていただきまする」

はらりと衣服を落として、観月たちは全裸となる。

「おいおい……」

竜之介が断る隙《すき》を与えず、三姉妹は奉仕を開始した。

竜之介の衰《おとろ》えぬ巨根を、お妙の秘処《ひめどころ》から引き抜くと、その聖液まみれのものを観月がしゃぶって浄《きよ》める。

そして、次女の睦月は、お妙の花園に顔を埋《うず》めて、肉壺《にくつぼ》の内部に残留している竜之介の雄汁《おじゆう》を、音を立てて啜《すす》りこんだ。

三女の皐月は、竜之介の臀に顔を埋めていた。男の後門を、しゃぶる……。

こうして——松平竜之介とお妙、小田切観月、睦月、皐月による、華麗にして淫猥《いんわい》な五人乱交が、開始されたのであった。

竜之介は、まず、長女の観月を騎乗位で貫いて昇天させると、次に三女の皐月も座位で貫いた。

睦月は昨夜、抱いたから、これで全員の女壺《によつぼ》を味わったことになる。

それから、「みんな、竜之介様に、お臀《しり》の孔《あな》を犯していただきましょう」という睦月の提案で、観月、皐月、お妙の三人が、後門の初華を捧《ささ》げることになった。

一番手はお妙で、睦月と観月が二人がかりで、彼女の後門を愛撫して、拡張してゆく。

胡座《あぐら》を掻いた竜之介は、それを見物しながら、皐月に男根をしゃぶらせていた。

そして、お妙の後門括約筋《かつやくきん》が解《ほぐ》れると、竜之介は屈曲位《くつきよくい》で貫く。

お妙の絶妙な後門の味を堪能していると、観月が右側から接吻《せつぷん》して来る。睦月は左側から、男の胸を舐めていた。

そして、皐月は再び、竜之介の臀の孔を舐めまわしていた。舌先を丸めて、後門の奥まで愛撫する。

その快感によって、竜之介は吐精した。

お妙の排泄孔の奥に、夥《おびただ》しく放つ。

次は観月、その次は皐月で、最後が睦月の番であった。

そんな風にして、何度も何度も乱交が行われて、夕方になった頃、ようやく、
四人の女は疲れ果てて眠りこんだ。みんな、満足そうな笑みを浮かべている。

「やれやれ。これで、加納屋敷へ行って、お新と花梨の無事な顔が見られるな」

立ち上がった竜之介が、身繕《みづくろ》いを終えた時、足音が近づいて来た。

「竜之介様、雨宮にございます」

「町奉行殿か。如何《いかが》いたした」

竜之介は、女たちの寝姿を見せないように、廊下へ出た。

「下町で、大変なことがっ」

雨宮奉行は、顔色を変えている。

「娘攫《さら》いが現れました。それも、何と唐人《とうじん》の一味でございます」

「何だとっ」

娘攫いといえば、風魔一族である。

しかし、この四国《しこく》の高知には、唐人の娘攫いが現れたという。

「現場はどこだ、案内してくれ」

これまで以上の大事件の出来《しゅったい》に、正義の若殿浪人・松平竜之介は、厳しい表情になるのであった。

# あとがき

おかげさまで、『若殿はつらいよ』シリーズの第六巻です。

今回の『破邪剣正篇《はじやけんしょう》』は色々と難産でしたが、何とか入稿を終えました。

チャンバラも濡《ぬ》れ場も、ボリューム満点の作品ですので、お楽しみいただければ幸いです。

次の第七巻『龍虎争闘篇《りゅうこせいそう》（仮）』で、ついに、風魔《ふうま》一族との闘いもクライマックス。

さらに面白い作品になるよう、全力で頑張ります。

第七巻は、今年の五月に刊行予定ですので、よろしくお願いします。

二〇一七年十二月

鳴海　丈

**参考資料**

『天領』村上直・著（人物往来社）

『海女』田辺悟・著（法政大学出版局）

『関所』大島延次郎・著（新人物往来社）

その他

コスミック・時代文庫

若殿《わかとの》はつらいよ
破邪剣正篇

【著 者】
鳴海《なるみ》 丈《たけし》

【発行者】
杉原葉子

【発 行】
株式会社コスミック出版
〒154-0002 東京都世田谷区下馬 6-15-4
代表 TEL.03(5432)7081
営業 TEL.03(5432)7084
FAX.03(5432)7088
編集 TEL.03(5432)7086
FAX.03(5432)7090

【ホームページ】
http://www.cosmicpub.com/

【振替口座】
00110-8-611382

【印刷／製本】
中央精版印刷株式会社

乱丁・落丁本は、小社へ直接お送り下さい。郵送料小社負担にて
お取り替え致します。定価はカバーに表示してあります。

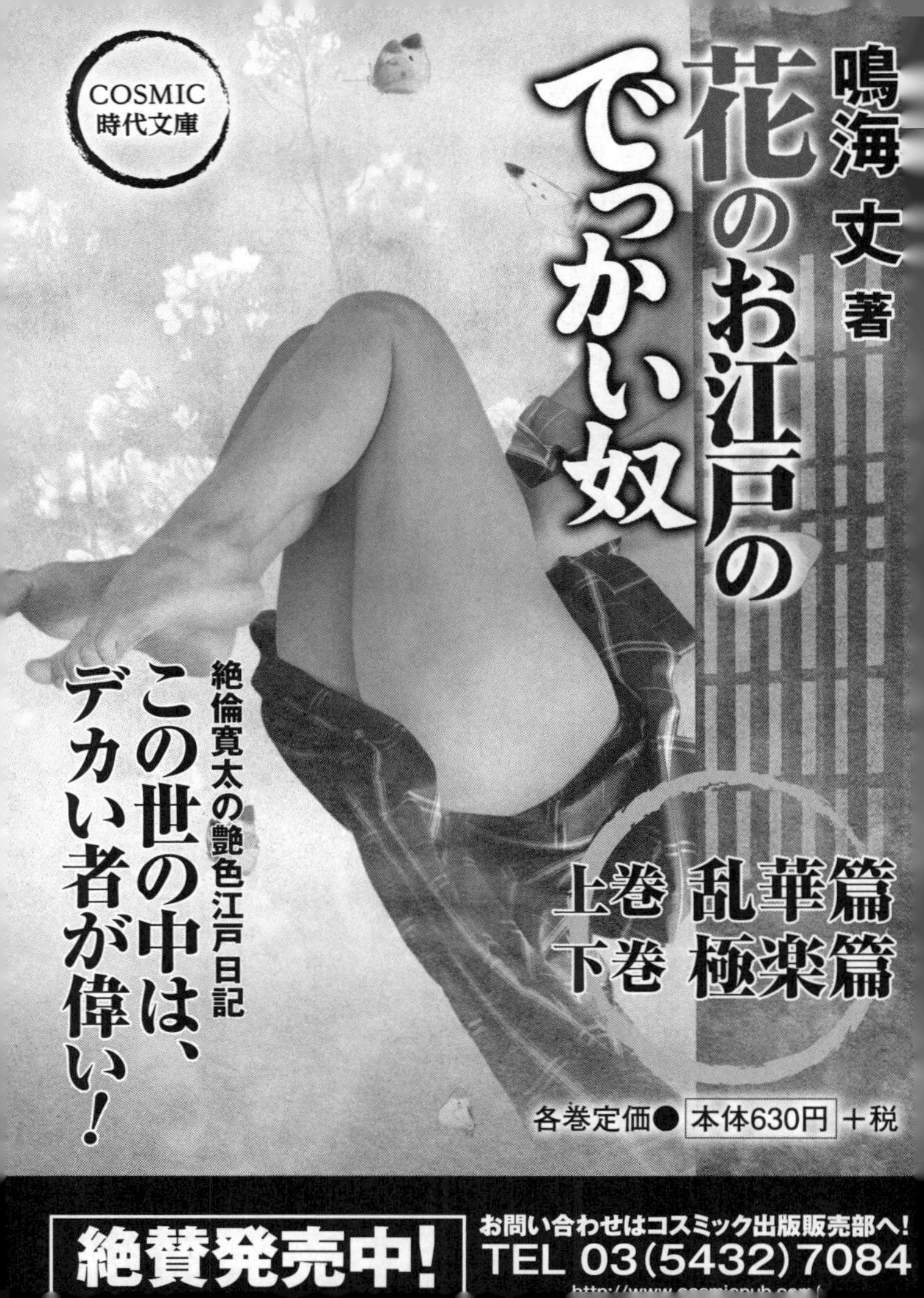

COSMIC
時代文庫
鳴海 文 著
花のお江戸のでっかい奴
上巻 乱華篇
下巻 極楽篇
絶倫寛太の艶色江戸日記
この世の中は、
デカい者が偉い！
各巻定価● 本体630円 ＋税
絶賛発売中！
お問い合わせはコスミック出版販売部へ！
TEL 03(5432)7084